世にも奇妙な物語

ドラマノベライズ 終わらない悪夢編

水田静子・著
上地優歩・絵
深谷仁一　中村樹基　大野敏哉　長江俊和・脚本

集英社みらい文庫

世《よ》にも奇《き》妙《みょう》な物《もの》語《がたり》

ドラマノベライズ
終《お》わらない悪《あく》夢《む》編《へん》

悪《あく》魔《ま》のゲームソフト …3

死《し》後《ご》婚《こん》 …49

親《しん》切《せつ》成《なり》金《きん》 …95

午《ご》前《ぜん》2時《じ》のチャイム …141

悪《あく》魔《ま》のゲームソフト

脚《きゃく》本《ほん》◆深《ふか》谷《や》仁《じん》一《いち》

今日《きょう》も気持《きも》ちよく晴《は》れている。

だけど、朝《あさ》だというのに家《いえ》の中《なか》はもの音《おと》ひとつせず、しーんとしている。

ここは、のんびりとした郊外《こうがい》の住宅地《じゅうたくち》。

大《おお》きな一戸建《いっこだ》てがずらりとならんでいて、どこの家《いえ》も庭《にわ》が広《ひろ》い。緑《みどり》がいっぱいで花《はな》が咲《さ》いている。

そして、たいがいの家《いえ》は犬《いぬ》を飼《か》っている。

その中《なか》のひとつがぼく、牧村《まきむら》テツオの家《いえ》だ。

ぼくは小学《しょうがく》6年生《ねんせい》。

ぼくの部屋《へや》は2階《かい》にあって、けっこう広《ひろ》い。机《つくえ》とベッドと本棚《ほんだな》。

たぶん友《とも》だちの部屋《へや》とちがうのは、壁《かべ》いちめんにびっしり、額《がく》に入《い》れた蝶《ちょう》の標本《ひょうほん》がかざってあることだろう。

青《あお》や緑色《みどりいろ》の羽《はね》のめずらしい蝶《ちょう》が、たくさん。

窓《まど》のブラインドはおろしたままで、うす暗《ぐら》い。

このうす暗《ぐら》さが好《す》きなんだ。

ここはぼくだけの、だれにもジャマされない場所《ばしょ》！

登校《とうこう》する前《まえ》の時間《じかん》、いまぼくはパソコンにむかって、あるゲームに夢中《むちゅう》だ。

カチャカチャカチャ!!

キーボードのキーをたたく音《おと》が、部屋《へや》じゅうに鳴《な》りひびく。

画面《がめん》の中《なか》でくり広《ひろ》げられているのは、ダンジョンを冒険《ぼうけん》するゲーム。でかいモンスターが真《ま》っ赤《か》な火《ひ》をふいて、柴犬《しばいぬ》を追《お》っかけまわしているシーンが映《うつ》っている。

犬《いぬ》は食《た》べられたくなくて必死《ひっし》で逃《に》げる。

カチャカチャカチャ！

画面《がめん》のすみには『ポンタ　いぬ　レベル1』と、タイトルがでている。

モンスターのうなり声《ごえ》、スリルいっぱいのサウンド。ドキドキする。

カチャカチャカチャ！

チカチカと青白《あおじろ》い光《ひかり》が、ぼくの顔《かお》や壁《かべ》の蝶々《ちょうちょう》に反射《はんしゃ》する。

カチャカチャカチャ！

と、そのとき、突然《とつぜん》、庭《にわ》から男《おとこ》の大声《おおごえ》が聞《き》こえた。

「おはようございます！　部長《ぶちょう》！　おはようございますっ、牧村部長《まきむらぶちょう》！」

ぼくはストップボタンをおして、ブラインドのすきまからそっと下《した》をのぞきみた。

門《もん》の外《そと》には、黒《くろ》ぬりの高級車《こうきゅうしゃ》が止《と》まっている。

スーツとネクタイ姿《すがた》の会社員《かいしゃいん》らしき男《おとこ》がふたり。家《いえ》の中《なか》をのぞきこんでいる。

もうひとり、黒《くろ》いスーツを着《き》て、白《しろ》い手袋《てぶくろ》をした運転手《うんてんしゅ》みたいな人《ひと》も見《み》える。

ああ、父《とう》さんの会社《かいしゃ》の人間《にんげん》か。

若《わか》いほうの会社員《かいしゃいん》の男《おとこ》が、サッシ窓《まど》を、ドンドンとたたきながらさけんだ。

「どなたかいらっしゃいませんかあ！」

ドンドンドン！

「牧村部長《まきむらぶちょう》ッ！」

そしてふりむくと、めがねをかけた上司《じょうし》のような男《おとこ》に言《い》う。

「だめです、人《ひと》のいる気配《けはい》、全然《ぜんぜん》しません。おかしいですよっ、やっぱりふつうじゃありませんよ！」

めがねの男《おとこ》が額《ひたい》にしわをよせた。

「今日《きょう》で……4日《よっか》めか」

「はい、契約《けいやく》の大事《だいじ》な時期《じき》だってことは、部長《ぶちょう》がいちばんよくわかっているはずです。奥《おく》さんやお子《こ》さんだっているはずなのになあ、連絡《れんらく》がまったくとれないなんて、なにかあったとしか思《おも》えませんよ」

「とにかく社《しゃ》に報告《ほうこく》だ。もどるぞ」

めがねの男《おとこ》は運転手《うんてんしゅ》にも声《こえ》をかけた。

運転手《うんてんしゅ》は庭《にわ》にある、赤《あか》い屋根《やね》の大《おお》きい犬小屋《いぬごや》をのぞきこんでいた。

「あ、あの……」

けげんそうな声《こえ》をだした。

「なんだ？」

「あの、犬《いぬ》の鳴《な》き声《ごえ》がしたんです。キャンッて。聞《き》こえませんでしたか」

「犬小屋《いぬごや》で犬《いぬ》が鳴《な》いて悪《わる》いのかよ」

めがねの男《おとこ》がいらだったようすで言《い》う。

「いや……それが、い、犬《いぬ》がいないんです」

運転手《うんてんしゅ》が首《くび》をひねりながら言《い》う。

「なにい！」

「な、鳴《な》き声《ごえ》だけで、犬《いぬ》の姿《すがた》なんて、ど、どこにも見《み》えないんですよ！」

そう言《い》われてほかの会社員《かいしゃいん》も、犬小屋《いぬごや》をのぞきこんだ。たしかに犬《いぬ》の姿《すがた》はどこにも見《み》えず、首輪《くびわ》のついたままのくさりだけがころがっている。

そのとき、「キャンッ」と、犬《いぬ》の声《こえ》がした。

3人《にん》は、不気味《ぶきみ》なものを見《み》たように顔《かお》を見《み》あわせた。

「どういうことだ」

「い、いえ……」

「とにかく、会社《かいしゃ》にもどろうっ」

エンジン音《おん》とともに車《くるま》が去《さ》っていくのを見《み》とどけると、ぼくはニヤリとする。

ぼくはイスにもどってゲームをつづける。

まもなくして、ファンファーレが鳴《な》った。

『GAME《ゲーム》 OVER《オーバー》』

ぼくは、ゆっくり階段《かいだん》をおりてダイニングへとむかった。

キッチンのシンクには、洗《あら》われていない食器《しょっき》が乱《らん》ざつにかさなっている。蛇口《じゃぐち》からポタポタと、水《みず》がしたたり落《お》ちている。

ダイニングテーブルの上《うえ》にも、食《た》べかけのままのお皿《さら》や箸《はし》やフォーク、ドレッシングのびんやコップなどが散乱《さんらん》している。

まるでさっきまで、ここでみんながごはんを食《た》べていたかのように。

ぼくは冷蔵庫《れいぞうこ》からジュースをとりだして、ゆっくりと飲《の》んだ。

ダイニングキッチンのとなりは、広《ひろ》いリビング。母《かあ》さんがつくった、趣味《しゅみ》のドライフラワーがたくさんかざってある。

テーブルにも飲《の》みかけのお茶《ちゃ》が入《はい》ったままのコップがあって、1枚《まい》の紙《かみ》きれがおいてある。

〝離婚届《りこんとどけ》〟

紙《かみ》には緑《みどり》の文字《もじ》でそう書《か》いてあった。

父《とう》さんと母《かあ》さんの、サインもしてある。

ぼくはそれをただ無表情《むひょうじょう》にながめる。

こわれたんだ、この家《いえ》。


窓《まど》ぎわには鳥《とり》のケージが吊《つ》りさがっていて、羽《はね》をばたつかせる黒《くろ》い小鳥《ことり》がいる。

ピー子《こ》という名前《なまえ》だ。

レースのカーテンごしに入《はい》ってくる陽《ひ》を受《う》けて、黒《くろ》い大《おお》きなかげが、ゆらゆらと壁《かべ》にうかびあがる。

ぼくはキッチンにもどって、かたいフランスパンをつかむと、部屋《へや》にもどった。

かみつくようにむしゃむしゃ食《た》べる。

パソコンの画面《がめん》は、キャラクターのパラメーター・ディスプレイに変《か》わっていた。

そこには、画像《がぞう》スキャナーで読《よ》みこまれた、犬《いぬ》のポンタの姿《すがた》が映《うつ》っている。

ポンタは、ぼくが飼《か》っていた柴犬《しばいぬ》だ。

たったいまモンスターに食《た》べられてしまって、『DEAD《デッド》』の文字《もじ》が表示《ひょうじ》されている。

あいつ、あんがい、弱《よわ》っちかったな。

そしてポンタの上《うえ》に表示《ひょうじ》されている、ふたりの人間《にんげん》の顔《かお》を見《み》る。それはぼくの両親《りょうしん》だ。

にこやかに笑《わら》っている。

それぞれにつけられたタイトルは、

『とうさん　かいしゃいん　レベル1』

『かあさん　しゅふ　レベル1』

ぼくは、ふたりの顔《かお》をじいっと見《み》た。

床《ゆか》には、ひびの入《はい》ったガラスのフォトフレームがころがっている。

写《うつ》っているのは、両親《りょうしん》にはさまれてうれしそうな顔《かお》をしたぼく。

父《とう》さんも母《かあ》さんも、楽《たの》しそうにほほえんでいる。

小《ちい》さかったころ、夏休《なつやす》みに3人《にん》ででかけたときの写真《しゃしん》だ。

ぼくはパソコンの電源《でんげん》を切《き》ると、学校《がっこう》にでかけるしたくをした。

通《かよ》っている小学校《しょうがっこう》は、家《いえ》から少《すこ》し坂道《さかみち》をくだったところにある。外《そと》から見《み》るといつもと変《か》わらない景色《けしき》だったが、教室《きょうしつ》のふんいきはちがった。

重々《おもおも》しい空気《くうき》。

黒板《こくばん》の前《まえ》の教壇《きょうだん》でしゃべっているのは、頭《あたま》のうすくなった教頭先生《きょうとうせんせい》だ。

「みなさんが、よしこ先生《せんせい》を心配《しんぱい》する気持《きも》ちはよくわかっています。私《わたし》も心配《しんぱい》していますし、それはみんなと少《すこ》しも変《か》わりません。みんなが、よしこ先生《せんせい》のためになにかをしたいと思《おも》う気持《きも》ちは当然《とうぜん》のことだと思《おも》うし、私《わたし》も、ほかの先生《せんせい》がたも、そういう気持《きも》ちでいっぱいです」

先生《せんせい》のおでこには、汗《あせ》がふきでていて、何度《なんど》も白《しろ》いワイシャツのそででぬぐった。

クラス全員《ぜんいん》が、熱心《ねっしん》に耳《みみ》をかたむけている。

あけた窓《まど》から、遠《とお》く電車《でんしゃ》の音《おと》が聞《き》こえてくる。

よしこ先生《せんせい》というのは、ぼくのクラスの担任《たんにん》なのだ。30歳《さい》くらいなのかな。中肉中背《ちゅうにくちゅうぜい》で髪《かみ》は肩《かた》ぐらい。結婚《けっこん》はしていなかった。

明《あか》るくて、みんなに好《す》かれていたけれど、1週間《しゅうかん》くらい前《まえ》から、とつぜん、学校《がっこう》にこなくなってしまったのだ。

先生《せんせい》の机《つくえ》の上《うえ》にあった花《はな》は、かれはじめていた。

先生《せんせい》からはなにも連絡《れんらく》がない。

いまではもう、学校《がっこう》じゅうのうわさになっていて、当然《とうぜん》、親《おや》たちの耳《みみ》にも入《はい》っていた。

事故《じこ》？　元気《げんき》だったのに、病気《びょうき》？

情報《じょうほう》はひとつも入《はい》ってこなかった。

教頭先生《きょうとうせんせい》の話《はなし》はつづいている。

「いま、私《わたし》も先生《せんせい》がたも事実《じじつ》をきちんとつかもうと、一生懸命《いっしょうけんめい》になっています。ですから、みなさんも協力《きょうりょく》して、ここは、あわてずに6年生《ねんせい》としての自覚《じかく》を持《も》って行動《こうどう》してください」

女子《じょし》の何人《なんにん》かはうつむいている。

そのとき、ぼくのうしろの席《せき》にすわる野田篤《のだあつし》が、ひそひそ声《ごえ》で話《はな》しかけてきた。

篤《あつし》は1年生《ねんせい》のときから同《おな》じクラスで、仲《なか》のいい友《とも》だちだった。

「テッちゃん、ね、テッちゃん」

こんなときにしゃべるわけにもいかず、ぼくは無表情《むひょうじょう》のままで前《まえ》をむいていた。

「今日《きょう》、テッちゃんちにいってもいい？」

となりの席《せき》の女《おんな》の子《こ》が、ふりかえって篤《あつし》をにらみながら「しーっ」と、ひとさし指《ゆび》を立《た》てた。篤《あつし》は無視《むし》する。

「昨日《きのう》さ、母《かあ》ちゃんにゲーム機《き》をめちゃくちゃにこわされちゃったんだよ。テッちゃんの部屋《へや》はでかいし、ゆっくりゲームできるしさ。これ、やっと手《て》に入《はい》ったからやりたいんだ」

篤《あつし》がそっと見《み》せたのは、新《あたら》しいゲームソフトだった。

それをめざとく見《み》つけた、もうひとりの同級生《どうきゅうせい》が言《い》う。

「あ、すげえ！『モンスター・ファイヴ』じゃんか」

さらに、べつの同級生《どうきゅうせい》も目《め》をかがやかせた。

「篤《あつし》、それ、どこで手《て》に入《い》れたんだよっ」

耳《みみ》にした男子《だんし》たちのあいだに、どよめきが走《はし》る。

「あんたたち、いいかげんにして！　よしこ先生《せんせい》がいなくなっちゃったのに、平気《へいき》なの!?よくゲームの話《はなし》なんてできるわね！」

女子《じょし》のひとりが、とがめた。

そのとき、もうひとりの女子《じょし》がいきおいよく手《て》をあげた。

「教頭先生《きょうとうせんせい》、校庭《こうてい》にとまっている車《くるま》、あれ、パトカーじゃないんですか！」

「えーーっ」

みんながいっせいに、窓《まど》ぎわにつめかける。

正門《せいもん》から入《はい》ったところに、パトカーが止《と》まっていて、警察官《けいさつかん》の姿《すがた》も見《み》える。

先生《せんせい》たちもいる。

「ホントだっ」

「ていうことは、やっぱり事件《じけん》なの!?」

「よしこ先生《せんせい》、誘拐《ゆうかい》されちゃったの！」

「誘拐《ゆうかい》？　ヘンなこと言《い》わないで！」

口《くち》ぐちにさけんで、教室《きょうしつ》の中《なか》は大《おお》さわぎとなった。

「いやーっ」

ひとりの子《こ》が机《つくえ》につっぷして泣《な》きだした。

それを見《み》た、クラス委員《いいん》のしっかりした女子《じょし》が言《い》う。きりりとカチューシャをしている。

「教頭先生《きょうとうせんせい》、あたしたち、本当《ほんとう》のこと知《し》りたいんです。よしこ先生《せんせい》が突然《とつぜん》いなくなっちゃった理由《りゆう》、知《し》りたいんです！」

「みんな、れ、冷静《れいせい》に！」

教頭先生《きょうとうせんせい》が、必死《ひっし》でみんなをなだめる。

「よしこ先生《せんせい》、死《し》んじゃったんですか。殺《ころ》されちゃったんですかっ」

「ぶっそうなことを言《い》うもんじゃないっ！」

先生《せんせい》の声《こえ》もうわずっている。

「だって、警察《けいさつ》がくるなんておかしいよ！」

「し、静《しず》かに！　とにかくみんなおちつきなさいっ」

教室《きょうしつ》のうしろの壁《かべ》には、春《はる》の遠足《えんそく》の記念写真《きねんしゃしん》がたくさんはられていた。焼《や》き増《ま》しの注文《ちゅうもん》をするためのサンプルだ。

草《くさ》の上《うえ》にシートをしいて、みんなといっしょにお弁当《べんとう》をひろげるよしこ先生《せんせい》も、にこにこ笑《わら》っている。

ぼくはそれをチラっと見《み》る。

「よしこ先生《せんせい》、本当《ほんとう》にどうしちゃったんだろ」

放課後《ほうかご》。ぼくと篤《あつし》は、ぼくの家《いえ》にむかって並木道《なみきみち》を歩《ある》いていた。

「さあ」

篤《あつし》の問《と》いに、ぼくはあいまいに答《こた》える。

「ほんとに、誘拐《ゆうかい》されちゃったのかな」

「………」

「どうせなら、うちの母《かあ》ちゃんあたりを連《つ》れてってくれりゃいいのにさ」

「こわされたって、どのくらい？」

ぼくは聞《き》いた。

「え？」

「ゲーム機《き》、めちゃくちゃにされたって、さっき言《い》ってたろ」

「うん、そうなんだよ。お風呂《ふろ》に投《な》げこまれちゃったんだ」

「ひでえな」

「自分《じぶん》で買《か》ったんだぜ。ほしいもんがまんして、お年玉《としだま》とか一生懸命《いっしょうけんめい》ためて買《か》ったのにさ」

がっくりした声《こえ》で篤《あつし》は言《い》う。

「……親《おや》なんて、どこんちも同《おな》じなんだな」

「え、なんだよ、テッちゃんちはべつじゃん。お金持《かねも》ちだし、おじさんは好《す》きなもの、なんでも買《か》ってくれるし、おばさんだってすっごくやさしいし」

ぼくはだまっている。

「おれの洋服《ようふく》なんて、いつも兄《にい》ちゃんたちのおさがりでさ、ほらこのトレーナーだってよれよれだよ」

太《ふと》っちょの篤《あつし》の服《ふく》には、毛玉《けだま》がいっぱいついていた。

「おれんちとは大《おお》ちがいじゃん。うらやましいよ」

うらやましいだって!?

ぼくは思《おも》わず、言葉《ことば》を飲《の》みこむ。

ぼくはこんな半《はん》ズボンに白《しろ》いハイソックスなんて、本当《ほんとう》ははきたくないんだぜ。

おなかの底《そこ》のほうで黒々《くろぐろ》としたいやな気持《きも》ちがうまれる。

なんだか、はき気《け》すらする。

ぼくんちのなにを知《し》ってるのさ。

「大人《おとな》なんて、どいつもこいつも、みんなインチキなやつばっかりさ」

「え？」

強《つよ》い口調《くちょう》で言《い》ったぼくを、篤《あつし》はおどろいたように見《み》る。

「テッちゃん……」

しばらく歩《ある》くと、児童公園《じどうこうえん》にさしかかった。

よく見《み》かける目《め》つきの悪《わる》い中学生《ちゅうがくせい》の3人組《にんぐみ》が入《い》り口《ぐち》のところにすわりこんでいる。

学生服《がくせいふく》の前《まえ》をはだけさせて、ガムをくちゃくちゃかんで、ぷうっとふくらませたりしている。

まずい。

ぼくと篤《あつし》は、そうっとあとずさって立《た》ち去《さ》ろうとしたが、すかさず、がたいのいいボス格《かく》のやつが立《た》ちはだかった。

「よう、小学生《しょうがくせい》のくせに、なまいきなもん、持《も》ってるじゃんか」

篤《あつし》の持《も》っていたゲームソフトを、めざとく見《み》つけたのだ。

するともうひとりが、ドスのきいた声《こえ》で言《い》う。

「おとなしくわたせよ！」

「い、いやだっ」

篤《あつし》がせいいっぱいの抵抗《ていこう》をする。

「なんだと！」

ぎゅうっと首《くび》ねっこをおさえられて、おびえきった篤《あつし》は、おそるおそるソフトをさしだそうとした。

「へへ、素直《すなお》じゃん」

だが、そいつが受《う》けとろうとした瞬間《しゅんかん》、ぼくは力《ちから》をこめてうばいかえした。

「なんだ、おまえ！　わざわざ痛《いて》え思《おも》いをしてえのかよっ」

ボス格《かく》の大声《おおごえ》におどろいたのか、木《き》にとまっていた数羽《すうわ》の鳥《とり》がいっせいに飛《と》びたった。

ぼくと篤《あつし》は3人《にん》にうでをつかまれて、ズルズルと公園《こうえん》のすみの砂場《すなば》にひっぱりこまれた。

「素直《すなお》にわたせばいいんだよっ！」

あっというまに、頭《あたま》や腹《はら》をボコボコになぐられる。

くちびるが切《き》れて血《ち》が飛《と》んだ。

近《ちか》くのブランコで遊《あそ》んでいた親子《おやこ》が、あわてて逃《に》げるように帰《かえ》っていく。

「けっ、手《て》こずらせやがって」

3人《にん》はソフトを手《て》にすると、すてぜりふをのこして、ゲラゲラと笑《わら》いながら去《さ》っていった。

砂《すな》の中《なか》にうつぶした篤《あつし》は、「こ、交番《こうばん》に届《とど》けようか」と、蚊《か》の鳴《な》くような声《こえ》で言《い》った。

「いや、仕返《しかえ》しの方法《ほうほう》はいくらでもある」

「えっ」

同《おな》じように、篤《あつし》のとなりで砂《すな》にうまったぼくの目《め》の先《さき》には、砂《すな》まみれの学生証《がくせいしょう》があった。

あのボス格《かく》の男《おとこ》が落《お》としていったのだ。

顔写真《かおじゃしん》がしっかり写《うつ》っている。ぼくはそれをひろいあげて、ぎゅうっとにぎりしめた。

「テッちゃん？」

よっぽどこわい顔《かお》をしてたんだろう、篤《あつし》はぼくを見《み》てきいてきた。

「仕返《しかえ》しって……」

「すぐにわかるよ」

立《た》ち上《あ》がり、痛《いた》む足《あし》をひきずりながら、ふたりして歩《ある》きはじめる。

むこうからきた、どこかのおばさんが、ぼくたちふたりのようすを見《み》て「大丈夫《だいじょうぶ》なの」

と、声《こえ》をかけてくれたが、怒《いか》りがおさまらない。


「ごめんくださーい」

篤《あつし》は玄関《げんかん》に入《はい》ると大《おお》きな声《こえ》をだしたが、返事《へんじ》はない。

家《いえ》の中《なか》は、朝《あさ》と同《おな》じでしずまりかえっていた。

「だれもいないよ」

靴《くつ》を脱《ぬ》ぎながらぼくは言《い》う。

「おばさん、留守《るす》なの？」

「ああ」

「めずらしいね」

うす暗《ぐら》い長《なが》い廊下《ろうか》を歩《ある》いて、篤《あつし》はだまったまま、ぼくについて階段《かいだん》をあがってきた。

部屋《へや》の中《なか》は朝《あさ》のままで、ブラインドがしめっぱなしだ。

篤《あつし》は部屋《へや》をぐるっとみわたした。

「なんだか、このあいだと部屋《へや》の感《かん》じがちがうね」

「そんなことないよ」

そっけなく答《こた》えてぼくは、さっそくパソコンを起動《きどう》させた。

USB《ユーエスビー》メモリーをさしこむと、画面《がめん》にひび割《わ》れたドクロが浮《う》かびあがり、高《たか》らかなファンファーレとともに『ファイアー・モンスター』のタイトルがあらわれた。

「すげえっ、なにこれ、自分専用《じぶんせんよう》のゲームソフト？」

篤《あつし》はとたんに目《め》をかがやかせた。

「うん。ゲームソフトの海賊版《かいぞくばん》のサイトに、ファイヤー・モンスターのプログラムがのってたんだ。面白《おもしろ》いから手《て》に入《い》れて改造《かいぞう》して、自分専用《じぶんせんよう》のゲームソフトをつくってみたんだよ」

「ええ！　すげえ。さすがにテッちゃんは頭《あたま》のできがちがうな」

「たいしてちがわないよ」

「やらせて、やらせて！」

せかす篤《あつし》にぼくは言《い》う。

「ちょっと待《ま》っててよ」

ぼくはポケットにねじこんでいた、さっきの不良中学生《ふりょうちゅうがくせい》の学生証《がくせいしょう》を取《と》りだした。いじわるな感《かん》じの顔《かお》だ。

「それって、さっきのあいつだね。なにするの？」

「いいから、見《み》てろって」

ぼくは画像《がぞう》スキャナーを取《と》りだして、ボス格《かく》のそいつの写真《しゃしん》をゆっくりなぞった。

すると画面《がめん》のキャラクターブロックに、その顔《かお》が映《うつ》しだされた。

「わ、なんだ」

篤《あつし》は、ごくりとのどを鳴《な》らす。

ぼくはキーをおして〝ふりょう　ちゅうがくせい〟と、データを入《い》れた。

※

そのころ。

篤《あつし》のソフトをうばった3人《にん》の中学生《ちゅうがくせい》は、意気《いき》ようようと、町《まち》のラーメン屋《や》でラーメンを食《た》べていた。

ボス格《かく》の中学生《ちゅうがくせい》が、いつものごとく、厨房《ちゅうぼう》で料理《りょうり》する店主《てんしゅ》に難《なん》くせをつけた。

「おいジジイ、なんだよ、このチャーシューはよお！」

店主《てんしゅ》は背《せ》をむけたまま、目《め》を合《あ》わせないようにしている。こいつらと関《かか》わったらたいへんだと顔《かお》に書《か》いてある。

「まずいったらねえよ。もっと何枚《なんまい》もサービスしろよ」

調子《ちょうし》にのって、むかいあっていたふたりも言《い》う。

「おい、野菜《やさい》いためはまだかよ！」

「そうだ、そうだ、何時間《なんじかん》かかってんだよ」

店主《てんしゅ》はひたすら黙《だま》ってフライパンを動《うご》かす。そのようすを見《み》て、ふたりはニヤニヤと顔《かお》を見《み》あわせた。

だが、次《つぎ》の瞬間《しゅんかん》、ふたりは凍《こお》りついた。

目《め》の前《まえ》には空中《くうちゅう》に箸《はし》とラーメン数本《すうほん》だけがういている。

えっと思《おも》った瞬間《しゅんかん》、テーブルのラーメンどんぶりの中《なか》に、箸《はし》がストンと落《お》っこちた。

なんだっ！

ボスの姿《すがた》がない！

「ヤッベッ！」

いまのいままで、目《め》の前《まえ》でラーメンをすすっていたのに、ボスがいっしゅんにして消《き》えてしまったのだ。

ふたりはあわてて立《た》ちあがると周囲《しゅうい》をみわたして、ガタガタとテーブルの下《した》をのぞきこむ。

サラリーマンがけげんな顔《かお》をしてふりむいた。

だが、やっぱりどこにもいない。

「なんだよ、なにが起《お》こったんだよっ」

「わかんねえよっ」

「ヤバイッ、ヤバイッ」

ふたりは、きつねにつまれたような顔《かお》をした。

「へい、お待《ま》ちッ」

店主《てんしゅ》が、できたての野菜《やさい》いためのⅢ《さら》を、カウンターにトンッと、おいた。

※

ボス格《かく》の中学生《ちゅうがくせい》は、いっしゅんにして、暗《くら》くて不気味《ぶきみ》な洞《どう》くつのようなところにワープしていた。

は？

おれ、ラーメン食《く》ってたはずじゃん。

なんだよ、ここ！　寒《さむ》いし。

夢《ゆめ》みてんのか。

きょろきょろとふしぎがるそのようすを、ぼくと篤《あつし》は、映画《えいが》を見《み》るように画面《がめん》を通《とお》して
ながめている。

「テッちゃん、これ。あいつ」

「うん、はじまるよ！」

ぼくはカチャカチャと、キーを操作《そうさ》する。

ドットでイラスト化《か》されて画面《がめん》に入《い》れられたボス中学生《ちゅうがくせい》は、ひたすら首《くび》をかしげて、そ
ろりそろりと、どこか外国《がいこく》の神殿《しんでん》の、石《いし》の柱《はしら》のあいだをこわごわ歩《ある》きだした。

「さあ、モンスターの登場《とうじょう》だよ」

中学生《ちゅうがくせい》の目《め》の前《まえ》で、灰色《はいいろ》の石《いし》の壁《かべ》がギギーッと音《おと》を立《た》てて開《ひら》いた。あらわれたのは、で
かいモンスターだ。

ギロリとしたするどい目《め》が中学生《ちゅうがくせい》をとらえる。

彼《かれ》はあまりの恐怖《きょうふ》にさけび声《ごえ》もでないまま、いちもくさんに逃《に》げだした。

「こいつの生命力《せいめいりょく》、わざと弱《よわ》くしてやったから、とてもモンスターとなんか戦《たたか》えやしないよ」

「弱《よわ》くって？」

「力《ちから》のレベルをぼくが決《き》めることができるんだ」

「す、すげえ」

「こいつはレベル1にした。すぐエサになるのがおちさ！」

「テッちゃん、サイコー、これ、サイコーに面白《おもしろ》いっ！」

篤《あつし》は興奮《こうふん》しっぱなしだ。

「ねえ、かわってよっ、ぼくもやりたい」

「いいよ」

席《せき》をかわって篤《あつし》がキーをおす。

カチャカチャカチャ!!

「うわあああああっ！」

つんのめりながら逃《に》げる中学生《ちゅうがくせい》。だが、生命力《せいめいりょく》が弱《よわ》いために、足《あし》はやたらと遅《おそ》い。

うなり声《ごえ》をあげながら、モンスターは火《ひ》をはいてどんどんとせまってくる。

「ぎゃあああああ！」

カチャカチャカチャ！

中学生《ちゅうがくせい》が食《た》べられるのは、もう時間《じかん》の問題《もんだい》だ。

「ねえ、テッちゃん」

カチャカチャカチャ！

「うん？」

「このゲームってさ、写真《しゃしん》があれば、だれでもモンスターのエサにできるの？」

「できるよ」

ぼくは答《こた》える。

「そうか。今度《こんど》、うちの母《かあ》ちゃんの写真《しゃしん》、持《も》ってこようかな」

カチャカチャカチャ！

まもなくして中学生《ちゅうがくせい》は力《ちから》つきた。モンスターのえじきになったのだ。

大《おお》げさなファンファーレが鳴《な》りひびいて、〝ふりょうはしんだ〟と、表示《ひょうじ》がでた。

『GAME《ゲーム》　OVER《オーバー》』

LV.1
HP

「ああ、死《し》んじゃった。弱《よわ》っちいの」

興奮《こうふん》したまま、篤《あつし》が言《い》う。

「ねえ、テッちゃん、もう1回《かい》やりたいよ」

「それはできないよ」

ぼくは冷静《れいせい》に返《かえ》す。

そうして、蝶《ちょう》の標本《ひょうほん》がかざられている壁《かべ》に、中学生《ちゅうがくせい》の学生証《がくせいしょう》をゆっくりと画《が》びょうでとめた。

「このゲームは一度《ど》、死《し》んじゃったら、もうできないんだ」

「なんだあ」

篤《あつし》はのびをした。

そうなんだよ、二度《ど》とできないんだ。

「腹《はら》へったな。ひとやすみして、下《した》でなにか食《く》おう」

ぼくは篤《あつし》をさそった。

「うん」

パソコンの前《まえ》から立《た》ちあがった篤《あつし》が、歩《ある》きながら、なにげなく壁《かべ》に目《め》をむけたのがわかった。さっき、中学生《ちゅうがくせい》の写真《しゃしん》をとめた壁《かべ》だ。

そこにはぼくの両親《りょうしん》と、うちの犬《いぬ》、ポンタの写真《しゃしん》もとめてある。

そして失跡《しっせき》した担任《たんにん》のよしこ先生《せんせい》の、遠足《えんそく》のときの写真《しゃしん》もある。

階段《かいだん》をおりると、篤《あつし》もついてきた。

夕方《ゆうがた》なので、部屋《へや》はよけいにうす暗《ぐら》くなっていた。

「テッちゃん、電気《でんき》つけないの？」

「いいよ、このままで」

ぼくは面倒《めんどう》くさくて、そう返事《へんじ》をした。

「パンでいい？　それしかないし」

ぼくは食《しょく》パンにマーマレードをぬると篤《あつし》にさしだして、自分用《じぶんよう》に冷蔵庫《れいぞうこ》から牛乳《ぎゅうにゅう》の紙《かみ》パックを取《と》りだして、ガブ飲《の》みした。

「ああ、うまい」

テーブルの上《うえ》は朝《あさ》のまま。床《ゆか》も散《ち》らかっている。どんよりした空気《くうき》には、ものがくさりかけたようないやなにおいがまじっている。

シンクの横《よこ》には、白《しろ》いまな板《いた》がおかれっぱなしで、まな板《いた》の上《うえ》には包丁《ほうちょう》と、切《き》りかけのきゅうりがそのままの形《かたち》になっている。

「テッちゃん」

パンをほおばりながら、篤《あつし》が聞《き》く。

「なに？」

「おばさん、どうかしちゃったの？」

「どうかって？」

「だって、きゅうり、切《き》りっぱなしのままじゃん」

ぼくは聞《き》こえないふりをした。

「それにうちは共働《ともばたら》きだから、けっこう散《ち》らかってるけど、テッちゃんちは、いつもきれいじゃん」

ぼくは冷蔵庫《れいぞうこ》からプリンをだして、ずるずると吸《す》うように食《た》べた。そのようすを篤《あつし》がいぶかしげに見《み》る。

「こんなに散《ち》らかってんの、はじめてじゃん」

ぼくは立《た》ちあがって、ピー子《こ》にパンくずをあげるために、となりのリビングにいくと篤《あつし》がついてきた。リビングもやっぱりうす暗《ぐら》い。レースのカーテンに、西日《にしび》がさしている。

「ピー子《こ》」

ぼくは鳥《とり》のケージに声《こえ》をかける。

篤《あつし》の顔《かお》が、どこか不安《ふあん》げだ。

「おばさん、病気《びょうき》でもしたの？」

篤《あつし》、うるせえな。ぼくは胸《むね》のなかでつぶやく。

「ねえ、テッちゃんってば」

ぼくはケージの戸《と》をあけて、パンのかけらをピー子《こ》にさしだした。

「ピー子《こ》、食《た》べな」

そのときだった。バタバタと羽《は》ばたいたピー子《こ》のくちばしがぼくの親指《おやゆび》をつついたのだ。

いっしゅんのうちに赤《あか》い血《ち》がでた。

「痛《いた》ッ！」

こいつッ！

こいつまで、バカにするのか！　ポンタと同《おな》じようにかみやがって。

胸《むね》の奥《おく》に、赤黒《あかぐろ》いにくしみがわきでた。

階段《かいだん》を駆《か》けあがると、ぼくはスキャナーをだしてピー子《こ》の写真《しゃしん》をなぞった。

画面《がめん》には、ピー子《こ》の写真《しゃしん》が映《うつ》しだされる。

急《いそ》いでキーボードをたたいて、『とり』とタイトルをつける。

レベルはまよった末《すえ》『？』マークにした。

そしてよしこ先生《せんせい》の写真《しゃしん》と、不良中学生《ふりょうちゅうがくせい》の学生証《がくせいしょう》の横《よこ》に、ピー子《こ》の写真《しゃしん》を画《が》びょうでとめた。

「テッちゃん」

いつのまにか、あがってきた篤《あつし》が聞《き》く。

「ん？」

「それ、よしこ先生《せんせい》だろ」

「ああ」

「よしこ先生《せんせい》も、モンスターと戦《たたか》わせたの？」

「ああ、そうだよ。あの先生《せんせい》さ、見《み》かけによらず強《つよ》かったんだ」

「……………」

「成績《せいせき》がさがったことを、わざわざうちまで言《い》いつけにきやがったりするからいけないんだよ」

ぼくはきすてるように言《い》った。

「おかげで、親父《おやじ》にいやっていうほどなぐられたよ」

篤《あつし》は、壁《かべ》に貼《は》られたぼくの両親《りょうしん》の写真《しゃしん》をもう一度《ど》見《み》て、びっくりしたように言《い》った。

「テッちゃんちのおじさん、なぐったりすんの!?　あんなにさ、おだやかっつうか、いい人《ひと》っていう感《かん》じじゃん」

「だから言《い》ったろ、大人《おとな》はみんな同《おな》じだって」

ぼくは思《おも》いだす。

小《ちい》さいころから、父《とう》さんはそうだったんだ。見《み》かけとはちがう。

ぼくのテストの点数《てんすう》が悪《わる》いと、いつもバカよばわりしたんだ。

「こんな問題《もんだい》もとけないのかっ、バカか、おまえは。いったい塾《じゅく》でなにやってんだ！」

そしてなぐられる。

「これでも、がんばったんだよ！」

泣《な》きながら言《い》ったって、「口《くち》ごたえするな！」って。

ひどいときは、何度《なんど》も何度《なんど》もなぐられた。

「親《おや》に恥《はじ》かかすんじゃないっ！　こんなことじゃ、いい学校《がっこう》にいけないし、父《とう》さんみたいにいい会社《かいしゃ》にだって入《はい》れない！　落《お》ちこぼれてくだけだぞ！」

「ぼくは父《とう》さんみたいになれないよっ」

「なんだと！」

「父《とう》さんはなんでもできるかもしれないけど、ぼくはできないっ」

「だまれっ」

そうだよ、いつだって父《とう》さんは立派《りっぱ》な人《ひと》。

勉強《べんきょう》ができて大《おお》きい会社《かいしゃ》に入《はい》って、出世《しゅっせ》して。

なぐられたいきおいで、鼻血《はなぢ》がでたこともある。

それなのに、母《かあ》さんは一度《ど》だって止《と》めてくれなかった。エプロンしたままおろおろするだけで、止《と》めなかった。

それどころか、「あやまりなさいッ、テツオ、父《とう》さんにあやまりなさいッ」って。

いつもやさしい母《かあ》さんだったけど、そういうときは全然《ぜんぜん》かばってはくれなかった。

かばってほしかったのに！

なんでだよ！

それでも親《おや》なのかよっ！

だけど。

ぼくは知《し》ってたよ。父《とう》さんと母《かあ》さんも、夜《よ》なかにしょっちゅう大声《おおごえ》でけんかしていたこと。

父《とう》さんは気《き》に入《い》らないことがあると、母《かあ》さんにだって手《て》をだしていたことを。

ぼくが幸《しあわ》せな気持《きも》ちだったのは、幼稚園《ようちえん》のころと、それからたった一度《ど》だけ。

小学校《しょうがっこう》の1年生《ねんせい》の夏休《なつやす》みに、3人《にん》で軽井沢《かるいざわ》にドライブにいったときだけ。あのときは、なぜだか父《とう》さんも母《かあ》さんもやさしかった。

空《そら》が青《あお》くて、風《かぜ》が気持《きも》ちよくて、森《もり》がきれいだった。

プールにもいった。ソフトクリームがおいしかった。

この写真《しゃしん》はさ、そのとき撮《と》った、たった1枚《まい》なんだ。

ぼくは、ガラスにひびの入《はい》ったフォトフレームの中《なか》の写真《しゃしん》をながめる。

だけどいまにして思《おも》えば、父《とう》さんが会社《かいしゃ》でえらくなったって、喜《よろこ》んでた日《ひ》だったのかもしれない。そんなことを言《い》ってた気《き》がする。


あの雨《あめ》の夜《よる》。

わざわざよしこ先生《せんせい》が訪《たず》ねてきて、びっくりした。

先生《せんせい》はリビングのイスにすわって、こう言《い》ったんだ。

「テツオくん、成績《せいせき》がとても落《お》ちてしまって、このままでは……」

あのとき、母《かあ》さんはケーキと紅茶《こうちゃ》を運《はこ》んできて、父《とう》さんは先生《せんせい》の前《まえ》ではみょうにやさしげだったな。

「そうですか、じゃあテツオ、次《つぎ》はがんばらなきゃな」

「ええ、ご希望《きぼう》の中学校《ちゅうがっこう》に入《はい》るには、かなり点数《てんすう》をあげないといけません。テツオくん、がんばりましょうね」

ぼくは「はい」とうなずいた。

そして先生《せんせい》が帰《かえ》ったとたんに、思《おも》いきり父《とう》さんに平手《ひらて》うちされたんだ。

「おまえは、ホントにバカなんだな！」

鬼《おに》みたいな形相《ぎょうそう》だった。

「聞《き》いてるのかッ！　おまえ、このままじゃホントに落《お》ちこぼれるぞっ」

ぼくはふるえながら、ずっと床《ゆか》のじゅうたんを見《み》ていた。

母《かあ》さんもいつもと同《おな》じだった。見《み》て見《み》ぬふりをしていたんだ。

こわれてる！　うちの家族《かぞく》。

とっくにこわれてる！

こんな親《おや》なんかいらない！

もうどうだっていい。

どうなったっていい！

ぼくはあのゲームを使《つか》う日《ひ》がついにきたと思《おも》った。

手《て》に入《い》れていたモンスター・ゲーム。すごく高《たか》かったけどな。

ひそかに悪魔《あくま》のゲームに改造《かいぞう》したんだ。

本当《ほんとう》はこんなときがくることを、わかっていたのかもしれない。

いらないものなんか、永遠《えいえん》に消《け》しちゃえばいいんだって。


カチャカチャカチャ！

パソコンの画面《がめん》では、ピー子《こ》がモンスターに追《お》いかけられていた。

「ピー子《こ》、ピー子《こ》、がんばれ！」

ぼくはキーボードをたたきながら言《い》う。

カチャカチャカチャ！！！

「がんばれっ」

カチャカチャ!!

顔《かお》にゲームの光《ひかり》が点滅《てんめつ》する。

「なんか……ヘンだよ……テッちゃん」

篤《あつし》は2歩《ほ》、3歩《ぽ》……とあとずさりした。

「テッちゃん。なんかにとりつかれちゃったみたいだよ」

「どこいくんだい?」

声《こえ》をかけると、篤《あつし》はしどろもどろに答《こた》える。

「うん……ちょっとおしっこ」

しばらくしてトイレで用《よう》をすました篤《あつし》が、血相《けっそう》を変《か》えて階段《かいだん》を駆《か》け上《のぼ》ってきた。

「たいへんだッ、テッちゃん、ピー子《こ》がいないよ!」

カチャカチャカチャ!

ぼくは画面《がめん》にむきあったまま、篤《あつし》の上《うわ》ずった声《こえ》を聞《き》く。

「いまさ、バサバサって鳥《とり》のすごい羽《はね》の音《おと》がしたから、ピー子《こ》のいる部屋《へや》をのぞいたんだ。

そしたら、そしたらピー子《こ》がいないんだよっ、かごだけがゆれてて、ピー子《こ》がいないんだよ！」

カチャカチャカチャ！

「いないんだよ！」

カチャカチャカチャカチャ！！！！

ぼくはキーをたたきつづける。

「ねえ、テッちゃん！」

篤《あつし》は、ぼくの肩《かた》をつかんではげしくゆさぶった。

「テッちゃんてば！」

「うるさいなあ！」

ぼくは篤《あつし》の手《て》をふりほどいた。

「ピー子《こ》だけじゃないよ！　なんか、なんか、変《へん》だよ！　家《いえ》の中《なか》はまっくらだし、おじさんもおばさんもいないし、このうち、なんだか変《へん》だって！　ねえ、テッちゃん！」

ぼくは、画面《がめん》を凝視《ぎょうし》したままで言《い》った。

「消《け》しちゃったんだよ」

「えっ!?」

「だから消《け》しちゃったんだよっ、うるさいから、みんなモンスターのエサにして消《け》しちゃったんだよ」

「け、消《け》しちゃったって」

「最後《さいご》はピー子《こ》まで、ばかにしやがって」

カチャカチャチャ!!!!

「かわいがってたのに」

ピー子《こ》は羽《は》ばたきながら、必死《ひっし》で逃《に》げつづけている。

火《ひ》をはいて追《お》いまくるモンスター。


『GAME《ゲーム》 OVER《オーバー》』


画面《がめん》を見《み》ている篤《あつし》の顔《かお》が、恐怖《きょうふ》で大《おお》きくゆがんだ。

篤《あつし》は部屋《へや》をとびだし、ころがるように階段《かいだん》をおりていった。

ぼくはそっと部屋《へや》をでて、階段上《かいだんうえ》の廊下《ろうか》から、じいっと篤《あつし》をのぞきこんだ。

篤《あつし》は玄関《げんかん》にある電話《でんわ》の受話器《じゅわき》を手《て》にとってさけぶ。

「もしもし、もしもし、警察《けいさつ》ですか！　ピー子《こ》が、ピー子《こ》が消《き》えちゃったんです！」

篤《あつし》の、大声《おおごえ》が聞《き》こえてくる。

「だから、そ、そうじゃなくて、おじさんも、おばさんも、みんな、みんなモンスターに食《た》べられちゃったんです！　よ、よしこ先生《せんせい》まで！」

通話先《つうわさき》ではとりあってもらえないのか、篤《あつし》は必死《ひっし》だ。

「もしもし、もしもしっ！」

泣《な》きじゃくりながら、うったえている。

「だからそうじゃなくて、パソコンでやられちゃったんですっ」

くるっと背《せ》をむけて部屋《へや》にもどると、ぼくは机《つくえ》の引《ひ》きだしに入《はい》っていた、篤《あつし》の写真《しゃしん》を取《と》りだした。

たしか前《まえ》に、うちに遊《あそ》びにきたときに撮《と》ったものだ。

(篤《あつし》……、よけいなことに気《き》づいちゃったな)

ぼくはスキャナーを取《と》りだして、篤《あつし》の写真《しゃしん》に当《あ》てる。

「もしもし、もしもしッ」

篤《あつし》の、必死《ひっし》なさけび声《ごえ》がつづいている。

※

玄関《げんかん》のシューズボックスの上《うえ》の電話機《でんわき》から、だらりとたれ下《さ》がった受話器《じゅわき》だけが、かすかにゆれている。

そこにいたはずの篤《あつし》の姿《すがた》は、どこにもない。

ぼくは目《め》を光《ひか》らせてキーをうちつづける。

いいやつだったのに……。

父《とう》さんは「あんなやつと遊《あそ》ぶな」って言《い》ってたけど、ぼくは好《す》きだったのに。

壁《かべ》には、画《が》びょうでとめた笑《わら》い顔《がお》の篤《あつし》の写真《しゃしん》がある。
ぼくはなぜだか、思《おも》いきり笑《わら》いだしそうになった。
同時《どうじ》にものすごく悲《かな》しくなって、はげしく泣《な》きたくなった。

カチャカチャカチャカチャ!!
カチャカチャカチャカチャ!!

おわり

死《し》後《ご》婚《こん》

脚本《きゃくほん》◆中村《なかむら》樹基《しげき》

真夏《まなつ》。

田《た》んぼの中《なか》の一本道《いっぽんみち》。

白《しろ》いワンピースを着《き》た、20代《だい》の女性《じょせい》、羽馬《はま》ひよりは、家《いえ》をめざして歩《ある》いていた。大《おお》きめのバッグを持《も》ちかえながら、ハンカチで汗《あせ》をふく。

セミたちのさわがしい声《こえ》が聞《き》こえてくる。

田舎《いなか》はやっぱりいいなー。新鮮《しんせん》な空気《くうき》を胸《むね》いっぱいにすいこむ。

ひよりは、ふるさとのこの町《まち》から3時間《じかん》ほど離《はな》れた都会《とかい》で働《はたら》いていて、いまは夏休《なつやす》みをとって帰《かえ》ってきたのだ。


実家《じっか》は昔《むかし》ながらの日本家屋《にほんかおく》。いまは父《ちち》の康夫《やすお》と、母《はは》の亜希子《あきこ》がふたりで住《す》んでいる。

「ただいまー」

と、元気《げんき》よく玄関《げんかん》の戸《と》をあけた。

「おかえり！　暑《あつ》かったでしょう。いま、麦茶《むぎちゃ》をいれるから」

奥《おく》から母《はは》の声《こえ》が聞《き》こえる。

ひよりはリビングの扇風機《せんぷうき》の前《まえ》で涼《すず》んで、ひと息《いき》ついた。

台所《だいどころ》から、母《はは》が麦茶《むぎちゃ》を運《はこ》んでくる。髪《かみ》をゆいあげて、黒《くろ》い喪《も》の着物《きもの》を着《き》ている。

「え、喪服《もふく》？　なにかあったの？」

「うん、いま説明《せつめい》するから。先《さき》に、お仏壇《ぶつだん》にお線香《せんこう》をあげて」

言《い》われるまま、座敷《ざしき》にむかったひよりの目《め》に映《うつ》ったのは、奥《おく》におかれた真新《まあたら》しい仏壇《ぶつだん》だった。

遺影《いえい》は姉《あね》のさゆり。2歳年上《さいとしうえ》だった姉《あね》は、3か月《げつ》ほど前《まえ》に、病気《びょうき》が悪化《あっか》して亡《な》くなったのだった。

遺影《いえい》の中《なか》の姉《ねえ》さんは、やさしい笑《え》みをうかべている。

姉《ねえ》さん……。大好《だいす》きだった、私《わたし》の姉《ねえ》さん。

ひよりはお線香《せんこう》に火《ひ》をつけて、手《て》を合《あ》わせる。

そこに、やはり喪服用《もふくよう》の黒《くろ》いネクタイをしめながら、父親《ちちおや》が入《はい》ってきた。

「帰《かえ》ったか。ひよりも、すぐ着《き》がえなさい」

そう言《い》いながら、たんすの横《よこ》のフックにかけてあった、ひよりのワンピースの喪服《もふく》を、目《め》でしめした。

「え？　私《わたし》も着《き》るの？　どなたが亡《な》くなったの？」

ふとテーブルの上《うえ》に目《め》をやると、お見合《みあ》い写真《しゃしん》がおかれていることに気《き》づいた。

「これって！　大事《だいじ》な用《よう》があるから、急《いそ》いで帰《かえ》ってこいって言《い》ったの、これだったの？」

やや、ふてくされてひよりが言《い》う。

「もう、帰《かえ》るんじゃなかったわっ。第一《だいいち》、私《わたし》には結婚《けっこん》したい人《ひと》がいるのよ」

「いるのか、そんな人《ひと》。聞《き》いてないぞ」

「それは……、あらためて話《はな》そうと思《おも》ってたから」

母《はは》は、夫《おっと》と娘《むすめ》の会話《かいわ》を聞《き》きながら「ちがう、ちがう、よく見《み》て」と、見合《みあ》い写真《しゃしん》をわたした。

そこには『羽馬《はま》さゆり様《さま》』と書《か》いてある。

「さゆりって……、姉《ねえ》さんの……お見合《みあ》い？」

ひよりはおどろいて、母《はは》をみかえす。

「そんな、どういうこと！　だって姉《ねえ》さんはもう……」

すると母《はは》が正座《せいざ》をして、しんみょうな顔《かお》をした。

「あのね、和子《かずこ》おばさんから聞《き》いたの。大《おお》っぴらにされてないけど、意外《いがい》とやっている家《か》族《ぞく》がいるんだって」

「いったいなんのこと!?」

「結婚《けっこん》しないまま、死《し》んでしまったどうしをお見合《みあ》いさせてね、あの世《よ》で夫婦《ふうふ》にしてあげるの」

「えっ！」

ひよりは、目《め》をまるくする。

「ささ、着《き》がえて。これからホテルで、そのお見合《みあ》いをするのよ」

「そんなことって……、どうして」

とまどいをかくせないひよりに、母《はは》がすごい剣幕《けんまく》で言《い》う。

「あなただって、姉《ねえ》さんには幸《しあわ》せになってほしいでしょう！　たとえあの世《よ》であったとしても」

「それは……」

「あんなに若《わか》くして死《し》んでしまって……どれだけ無念《むねん》だったか」

今度《こんど》は涙《なみだ》をぬぐった。

私《わたし》だって同《おな》じだ、とひよりは思《おも》う。どれだけ悲《かな》しかったか。

でもだからといって、死《し》んだ人《ひと》どうしの見合《みあ》いなど、ひよりには理解《りかい》できなかった。

「だ、第一《だいいち》、お見合《みあ》いなんてどうやるの？　死《し》んでいるのに」

「だからね、仲人《なこうど》さんは霊媒師《れいばいし》なの」

霊媒師《れいばいし》……！

「霊媒師《れいばいし》って……」

「そうよ、霊媒師《れいばいし》さんがね、姉《ねえ》さんとお相手《あいて》の気持《きも》ちを聞《き》いてくれるの。それでおたがいに相手《あいて》を気《き》に入《い》ったら、ふたりの名前《なまえ》を絵馬《えま》に書《か》いてね、犬岐戸《いぬきど》にある『お掛場《かけば》』に奉納《ほうのう》するんですって」

「『お掛場《かけば》』って」

その気味《きみ》の悪《わる》さに、ひよりはぞっとする。

「それ、なんのこと!?」

たてつづけにびっくりすることを聞《き》かされて、ひよりは困惑《こんわく》した。

「絵馬《えま》を掛《か》ける、特別《とくべつ》な場所《ばしょ》なんだそうだ」

父《ちち》が答《こた》える。

「どこにあるの、その犬岐戸《いぬきど》って」

「それはまだ聞《き》いてないが」

ひよりは、父《とう》さんも母《かあ》さんも、どうかしてしまったんだろうかと思《おも》った。すると気持《きも》ちをみすかしたように、母親《ははおや》がすかさず言《い》った。

「死後婚《しごこん》っていうのよ」

「……死後婚《しごこん》」

ひよりはそのことばを聞《き》いて、背《せ》すじにぞっとするものを感《かん》じた。

町《まち》でいちばん大《おお》きなホテルのラウンジは、いろいろなひとびとでにぎわっていた。美《うつく》しい芝《しば》の庭園《ていえん》。大《おお》きな池《いけ》には朱色《しゅいろ》の橋《はし》がかかり、にしき鯉《ごい》がゆっくり泳《およ》いでいる。

「こちらです」

接客係《せっきゃくがかり》に案内《あんない》されて、ひよりと両親《りょうしん》の3人《にん》は、ホテルの離《はな》れにある和室《わしつ》に通《とお》された。

ふつうのお見合《みあ》いとはちがうからなのか、部屋《へや》は照明《しょうめい》を落《お》としてあってうす暗《ぐら》い。

壁《かべ》には、お葬式《そうしき》のときのように白黒《しろくろ》の幕《まく》がかけられている。

白《しろ》い祭壇《さいだん》がつくられていて位牌《いはい》がおかれ、テーブルの上《うえ》にはふたつの遺影《いえい》がむきあっておいてある。ろうそくの赤《あか》い灯《ひ》がゆらめいていた。

ふつうの見合《みあ》いとは、かけはなれた異常《いじょう》なようすに、ひよりはこわくなった。

見合《みあ》い相手《あいて》の母親《ははおや》である、禰津栄津子《ねづえつこ》はすでに到着《とうちゃく》して、やはり喪服姿《もふくすがた》ですわっている。

母《はは》と同《おな》じ年《とし》ぐらいだろうか。

席《せき》につくとふた組《くみ》の家族《かぞく》は、緊張《きんちょう》ぎみに、えしゃくをしあった。

そこに「失礼《しつれい》します」と、ひとりの老婆《ろうば》が障子《しょうじ》をあけて入《はい》ってきた。どこかおどろおどろしい。しわがれた声《こえ》で「霊媒師《れいばいし》の隠田《おんだ》みつです」と名乗《なの》った。

みつが上座《かみざ》につくと、接客係《せっきゃくがかり》がカーテンを引《ひ》いて、部屋《へや》はさらにうす暗《ぐら》くなった。

「本日《ほんじつ》は、お日《ひ》がらもよく、禰津家《ねづけ》、羽馬家《はまけ》のお見合《みあ》いのはこびとなり、たいへんよろこばしゅうぞんじております」

みつが言《い》うと、親《おや》どうしは、あらためてえしゃくをした。ひよりは、納得《なっとく》できないまましかたなく頭《あたま》をさげる。

「ではさっそく」

そう言《い》うとみつは、大《おお》きな鈴《すず》を鳴《な》らして、なにやらふしぎな念仏《ねんぶつ》をとなえはじめた。ひよりは異様《いよう》さに緊張《きんちょう》して、両手《りょうて》をぎゅっと合《あ》わせた。

すると突然《とつぜん》、ぼうっと音《おと》をたててろうそくが大《おお》きくゆれる。みつは、ふうーっと長《なが》い息《いき》をはいた。

「おいでなさったようです」

みつは、さゆりの遺影《いえい》にむかって言《い》う。

「さゆりさん、こちらは禰津礼治《ねづれいじ》さん。ご趣味《しゅみ》は海《うみ》づりで、市役所《しやくしょ》の福祉課《ふくしか》で働《はたら》いておりました」

遺影《いえい》の青年《せいねん》はめがねをかけていて、口《くち》を一文字《いちもんじ》に結《むす》び、いかにもまじめそうな人《ひと》だ。

みつの紹介《しょうかい》を聞《き》いて、礼治《れいじ》の母親《ははおや》の栄津子《えつこ》が、おえつをもらした。

「あの日《ひ》、海《うみ》へなんかいかせなかったら……。あんなに雨《あめ》がふってたのに……いかせるんじゃなかった……」

白《しろ》いハンカチで、目《め》がしらをおさえる。

次《つぎ》にみつは、礼治《れいじ》の遺影《いえい》に顔《かお》をむけて言《い》った。

「この方《かた》が、羽馬《はま》さゆりさん。ピアノがご趣味《しゅみ》で、信用金庫《しんようきんこ》の窓口係《まどぐちがかり》をされとりました」

今度《こんど》は、ひよりの母《はは》がわっと泣《な》きだした。父《ちち》も涙《なみだ》をこらえて、母《はは》の背中《せなか》をやさしくさすった。

「それでは……」

と、みつが言《い》う。

「あとは若《わか》い人《ひと》たちにまかせて」

みつにうながされて、両家《りょうけ》の親《おや》は部屋《へや》をでた。ひよりもあとにつづく。部屋《へや》の出口《でぐち》で、ふと姉《あね》の写真《しゃしん》をふりかえった。

と、そのときだった。

テーブルをはさんで、黒《くろ》い雨《あま》がっぱのフードを、頭《あたま》にすっぽりかぶった青白《あおじろ》い顔《かお》をした礼治《れいじ》と、やはり青白《あおじろ》い顔《かお》をしたさゆりがむきあって、とてもしずかにすわっている光景《こうけい》が

見《み》えた。

「！」

幻影《げんえい》!?

ちがう、ハッキリ見《み》える。ひよりの体《からだ》は硬直《こうちょく》した。

すると、見合《みあ》い相手《あいて》の礼治《れいじ》という男《おとこ》が、ゆっくりとひよりのほうへ顔《かお》をまわしたのだ。

ヒッ！

食《く》いいるように、ひよりを見《み》つめつづける。

思《おも》わず声《こえ》をだしそうになったひよりは、口《くち》をおさえて、ころがるように部屋《へや》を走《はし》りでた。


外《そと》にでると、両家《りょうけ》の親《おや》は中庭《なかにわ》を散歩《さんぽ》しながら、「この縁談《えんだん》、うまくいってもらいたいものです」と、話《はな》しあった。しかし、ひよりはさっき見《み》た光景《こうけい》のショックがおさまらずにいる。

「妹《いもうと》さん？　顔《かお》いろがすぐれないようですけど、大丈夫《だいじょうぶ》ですか」

栄津子《えつこ》が心配《しんぱい》そうに、ひよりに声《こえ》をかけてきた。

「は、はい。大丈夫《だいじょうぶ》です」

母《はは》も心配《しんぱい》そうに顔《かお》をのぞきこむ。

「ほんと、大丈夫《だいじょうぶ》？」

「うん、大丈夫《だいじょうぶ》。ただの立《た》ちくらみだから」

だれも、姉《ねえ》さんと礼治《れいじ》さんの霊《れい》を見《み》なかったんだ、とひよりは思《おも》った。

でも、あれはたしかにふたりの姿《すがた》だった。

そして自分《じぶん》をじっと見《み》つめた礼治《れいじ》の目《め》――。

なんで私《わたし》を見《み》たんだろう。

ひよりは、こわさをふりほどくように強《つよ》く頭《あたま》をふった。


ホテルから家《いえ》にもどったときは、すっかり夜《よる》になっていた。

庭《にわ》の草《くさ》むらで虫《むし》がないている。母《はは》が日本茶《にほんちゃ》をいれて、座敷《ざしき》に運《はこ》んできた。

訪問《ほうもん》してきた霊媒師《れいばいし》、隠田《おんだ》みつが背中《せなか》をまるめて、仏壇《ぶつだん》にお線香《せんこう》をあげている。そしてゆっくりと家族《かぞく》のほうをむいた。

「本日《ほんじつ》は、お見合《みあ》い、おつかれさまでございました。あれからご先方《せんぽう》の男性《だんせい》にさゆりさんのご感想《かんそう》をうかがいましての……」

3人《にん》は息《いき》をつめた。

「そうしたら、さゆりさんは、立派《りっぱ》な方《かた》すぎて、自分《じぶん》にはもったいないと言《い》うんですわ。申《もう》し訳《わけ》ないですが、今回《こんかい》はご縁《えん》がなかったということで……」

「……そうですか……」

両親《りょうしん》は、見《み》た目《め》にハッキリわかるほど、がくりと肩《かた》を落《お》とした。それは、ひよりが心配《しんぱい》になるほどの落《らく》たんぶりだった。

「それではわしはこれで、おいとましますで」

みつが玄関《げんかん》をでると、ひよりはあわててあとを追《お》った。

「待《ま》って、待《ま》ってください！」

みつは黙《だま》ったまま歩《ある》いていく。

「……あの、なにか理由《りゆう》があるのですか？　あるのなら教《おし》えてください。うちの両親《りょうしん》、この縁談《えんだん》にすごく期待《きたい》していたんです」

はあはあ、と息《いき》をつきながらひよりはたずねた。

ぐるっとふりかえったみつは、しばらくのあいだ、まじまじとひよりを見《み》つめた。

「？」

「そうさな、あんたにだけは本当《ほんとう》のことを教《おし》えておかんと、いけないかもな」

「えっ？」

なにかいやな予感《よかん》がした。

「実《じつ》は、あの礼治《れいじ》さんという方《かた》がな……好《す》きな人《ひと》ができた、と言《い》ったんじゃ」

「好《す》きな人《ひと》？」

「ああ、死後婚《しごこん》するなら、是《ぜ》が非《ひ》でも、その人《ひと》をと言《い》ってな」

ざわざわと胸《むな》さわぎがする。

「わしは、その人《ひと》と結《むす》ばれることはないと、説得《せっとく》したんじゃが……」

「あの……」

「でな、礼治《れいじ》さんが選《えら》んだんは……、ひよりさん、あんたなんじゃ」

「！」

ひよりは言葉《ことば》を失《うしな》った。そして、あの見合《みあ》いの席《せき》でゆっくりと首《くび》をまわし、自分《じぶん》のことをじっと見《み》つめた、あの目《め》をまざまざと思《おも》いだした。

「……そんな、そんなことって……」


翌日《よくじつ》の昼《ひる》すぎ。

ひよりは、恋人《こいびと》の鈴原霧斗《すずはらきりと》と会《あ》うために、約束《やくそく》した場所《ばしょ》へと歩《ある》いていた。霧斗《きりと》は、ひよりの実家《じっか》からほど近《ちか》い町《まち》に住《す》んでいた。

通《かよ》っていた大学《だいがく》が同《おな》じで、話《はなし》をするようになって、ふるさとが近《ちか》いと知《し》った。何年《なんねん》かたって、偶然《ぐうぜん》に再会《さいかい》してからつきあうようになり、2年半《ねんはん》がたっている。

霧斗《きりと》とは、おたがい結婚《けっこん》も考《かんが》えている。

ひよりは白《しろ》いシャツにチェックのスカート。ヒールをはいて、霧斗《きりと》がプレゼントしてくれた、帽子《ぼうし》をかぶってでかけた。

その日《ひ》は真夏《まなつ》のわりに涼《すず》しく風《かぜ》はさわやかで、前《まえ》の日《ひ》にみつに言《い》われたショックな言葉《ことば》を忘《わす》れさせてくれるようだった。

(そうよ、死《し》んだ人《ひと》に好《す》きになられるなんて、そんなことあるわけないじゃない)

みつの言葉《ことば》をふりほどくように、早足《はやあし》で歩《ある》く。

途中《とちゅう》で携帯《けいたい》が鳴《な》って着信《ちゃくしん》の画面《がめん》を見《み》ると、霧斗《きりと》からだった。

「あ、霧斗《きりと》。ごめん、あと30分《ぷん》くらいで着《つ》くと思《おも》う。うん、待《ま》ってて」

電話《でんわ》を切《き》って、ふたたび歩《ある》きだしたとき、

ドサッ！


いきなり大《おお》きな物音《ものおと》が聞《き》こえて、ひよりは思《おも》わずふりかえった。

だが、しーんとした道《みち》にはだれもいない。

なんの音《おと》だったの……？

気《き》をとりなおして歩《ある》きだしたとき、今度《こんど》は「カランッ」と、音《おと》がして、ひよりはびくついた。ふと見上《みあ》げると、がけの上《うえ》の古《ふる》い家《いえ》の軒下《のきした》で、東南《とうなん》アジアで見《み》かけるような竹《たけ》の風鈴《ふうりん》がゆれている。風《かぜ》も吹《ふ》いていないのに。

なんなの、気持《きも》ち悪《わる》い。

その瞬間《しゅんかん》だった。

バリン！

頭上《ずじょう》から、花《はな》の植木鉢《うえきばち》がひよりの足《あし》もとに落下《らっか》してきたのだ。

「キャッ！」

鉢《はち》はくだけて、花《はな》が散乱《さんらん》した。

「！」

もう半歩前《はんぽまえ》だったら、頭《あたま》に当《あ》たって大《おお》けがをするところだった。いや、けがではすまなかったかもしれない。急《いそ》いで上《うえ》を見上《みあ》げると、がけの上《うえ》の家《いえ》のコンクリートのへいに、ずらりとならんだ植木鉢《うえきばち》が見《み》える。だが、その中《なか》のひとつがなく、すきまができている。

だれかが落《お》とした!?

だが、人《ひと》かげはどこにも見当《みあ》たらない。

ひよりはこわくなって、駅《えき》への道《みち》を走《はし》りだした。

駅《えき》のホームには、だれもいなかった。のどかな田舎町《いなかまち》の、どこにでもある昼《ひる》さがりの風《ふう》景《けい》だ。だが、ひよりのなんともいえぬ不安《ふあん》はつづいていた。まだ心臓《しんぞう》がドキドキしている。早《はや》く霧斗《きりと》に会《あ》いたかった。

まもなくしてアナウンスが流《なが》れる。

「電車《でんしゃ》が到着《とうちゃく》します。白線《はくせん》までおさがりください」

電車《でんしゃ》が入《はい》ってくるのが見《み》えて、白線《はくせん》のうしろにさがった。

ひよりの正面《しょうめん》、線路《せんろ》をはさんだむこうがわに、看板《かんばん》があった。

犬山葬儀社《いぬやまそうぎしゃ》と書《か》いてある。ツヤのある看板《かんばん》に、ひよりの姿《すがた》が映《うつ》っている。なにげなくながめていると、自分《じぶん》の姿《すがた》のうしろに、雨《あま》がっぱのフードをかぶった男《おとこ》が映《うつ》った。

「！」

目《め》の位置《いち》までフードをさげているので、顔《かお》はわからない。

じっと立《た》って、まるでタロット・カードにでてくる、死神《しにがみ》のように見《み》える――。

「だれっ！」

うしろをふりかえった瞬間《しゅんかん》、ひよりはだれかに背中《せなか》を強《つよ》くおされた。

ゴーッと電車《でんしゃ》が走《はし》りこんできて、ひよりの帽子《ぼうし》が宙《ちゅう》を舞《ま》う。

はねられる寸前《すんぜん》で、ひよりはホーム上《じょう》にたおれこんだ。

「痛《いた》っ」

頭《あたま》を起《お》こして急《いそ》いであたりを見《み》わたしたが、だれもいない。

だれかが、つきおとそうとした！

錯覚《さっかく》なんかじゃない！

いましがた看板《かんばん》に映《うつ》っていた雨《あま》がっぱの人《ひと》、似《に》ていた。あの、礼治《れいじ》という人《ひと》に。

でも――まさか。そんなこと。

こわい。

ひよりは、昨日《きのう》の見合《みあ》いの席《せき》で、じっと自分《じぶん》を見《み》つめた礼治《れいじ》の目《め》を思《おも》いだして、思《おも》わず、みぶるいした。


1時間後《じかんご》。

ひよりは霧斗《きりと》と、見晴《みは》らしのいい公園《こうえん》の、噴水《ふんすい》の見《み》えるベンチにすわっていた。楽《たの》しいはずのデートなのに、霧斗《きりと》はひよりのようすがおかしいことが気《き》になった。

「どうしたの、さっきから、ずっときょろきょろしてるね」

ボトルのミネラル・ウォーターを飲《の》みながら、霧斗《きりと》が聞《き》く。

「……ううん、べつに」

ひよりは、心配《しんぱい》をかけたくなくて、できるだけ明《あか》るくほほえんだ。

「それならいいんだけど」

「うん、大丈夫《だいじょうぶ》」

「で、どうしようか。いつ、ひよりの両親《りょうしん》にあいさつをすればいい？　うちのおふくろ、ひよりはいつも元気《げんき》で明《あか》るくて、本当《ほんとう》にいいお嬢《じょう》さんだって。おれたちの結婚《けっこん》を、すごく楽《たの》しみにしているんだよね」

霧斗《きりと》が、にこにことうれしそうに言《い》う。

「ホント？　うれしい」

ひよりも笑顔《えがお》でこたえながら、内心《ないしん》、どう答《こた》えようか、すこし返事《へんじ》に困《こま》った。

「……ごめん、いまはタイミングが悪《わる》いの。実《じつ》は昨日《きのう》、姉《ねえ》さんのお見合《みあ》いが破談《はだん》になって……」

「えっ、お見合《みあ》い⁉」

霧斗《きりと》はおどろいたように言《い》った。

「でも、姉《ねえ》さんって、亡《な》くなっているんじゃ？」

「うん。そうなんだけど、死《し》んだ人《ひと》どうしのお見合《みあ》いをしたの。このあいだ」

「なにそれ？　そんなこと、あるんだ」

「うん……、私《わたし》も知《し》ったばかりなの。昔《むかし》からひそかにおこなわれてる風習《ふうしゅう》なんだって。霊《れい》媒師《ばいし》のおばあさんが仲人《なこうど》をするの」

「……そう、なんだ」

「うちの親《おや》、姉《ねえ》さんの幸《しあわ》せを願《ねが》って期待《きたい》していたんだけど、相手《あいて》の人《ひと》がことわってきたから」

「……そうか」

「それでね」、ひよりは思《おも》いきってうちあけた。

「お見合《みあ》い相手《あいて》の人《ひと》、礼治《れいじ》さんっていう方《かた》なんだけど、姉《ねえ》さんじゃなくて、私《わたし》のほうがいいって」

「はっ？」

霧斗《きりと》は状況《じょうきょう》がのみこめないようで、まゆをひそめた。無理《むり》もない。

ひよりだってまったく信《しん》じられないのだ。

「その仲人《なこうど》の、霊媒師《れいばいし》のおばあさんから、あとからそう聞《き》かされたの。でも、でもね、そのあとから、おかしなことばかり起《お》こってて……。さっきだって植木鉢《うえきばち》が落《お》っこちてきたり、だれもいないはずのホームで背中《せなか》をおされて、あぶなかった……」

言《い》いながら、涙《なみだ》がこみあげてきた。霧斗《きりと》は、ひよりの肩《かた》をぎゅっとだきよせた。

「大丈夫《だいじょうぶ》、気《き》にすんなよ」

そして、さらにつとめて明《あか》るく言《い》う。

「そんなの、偶然《ぐうぜん》だよ、偶然《ぐうぜん》！」

「うん……」

「らしくないぞ。オレ、ひよりのはじけるような笑顔《えがお》が、大好《だいす》きなんだ」

肩《かた》にもたれかかったひよりは、霧斗《きりと》のあたたかさを心《こころ》の底《そこ》から感《かん》じた。

しかし、次《つぎ》の瞬間《しゅんかん》、また恐怖《きょうふ》におそわれた。

「あっ、あそこ！」

遠《とお》くおいしげった木《き》のあいだに、雨《あま》がっぱを着《き》た男《おとこ》が立《た》って、こちらを見《み》ている。

「え？　どこ？」

ひよりは霧斗《きりと》に、その木《き》のところを指《ゆび》さした。

「あ、あそこに、いま、男《おとこ》の人《ひと》が！」

霧斗《きりと》の目《め》にはだれも見《み》えないようで、困惑《こんわく》した顔《かお》のままだ。

「黒《くろ》いフードかぶって……こっちを見《み》てる……」

「…………」

「やっぱり、私《わたし》のあとをついてきてる！」

言《い》いつづけるひよりを安心《あんしん》させるように、「わかった、オレが見《み》てくる」。そう言《い》って霧《きり》斗《と》は駆《か》けだした。

「待《ま》って！　いいの、もういいの！」

ひよりはあわてて霧斗《きりと》を追《お》いかけた。

足《あし》のはやい霧斗《きりと》を追《お》いかけていくうちに、ひよりは霧斗《きりと》を見《み》うしなった。気《き》づくと、交《こう》通量《つうりょう》の多《おお》い道路《どうろ》にでていた。商店街《しょうてんがい》がつづいている。

「霧斗《きりと》！　霧斗《きりと》、どこなの」

あちこち見《み》まわしながら走《はし》りつづけると、材木店《ざいもくてん》の前《まえ》で、足《あし》がもつれてころびそうになった。

店《みせ》の外《そと》には、たくさんの長《なが》い材木《ざいもく》が立《た》てかけられている。

そのとき、背後《はいご》に人《ひと》の気配《けはい》を感《かん》じた。ぞぞっとして、ひよりはふりかえった。

「わっ！」

肩《かた》をつかんだのは霧斗《きりと》だ。

「おどろいた？」

「もうっ、霧斗《きりと》ってば、おどろかせないで！」

ひよりは本気《ほんき》で怒《おこ》って、霧斗《きりと》の胸《むね》をたたいた。

「ごめん、ごめん。でもだれもいなかったよ、フードかぶったやつなんて。やっぱり見《み》まちがいだよ」

「そんなはずない！　たしかに見《み》たのよ、あの人《ひと》だった、礼治《れいじ》さんっていう人《ひと》だった。ホームにだっていた……」

真剣《しんけん》にうったえるひよりを、霧斗《きりと》は、やさしくだきよせた。

「大丈夫《だいじょうぶ》だよ。オレがついてるから。さ、帰《かえ》ろう」

「……うん」

そのときだった。材木店《ざいもくてん》の太《ふと》い材木《ざいもく》の束《たば》が、ガラガラとものすごいいきおいで、ひよりにたおれかかってきたのだ。

とっさに、霧斗《きりと》はひよりをつきとばした。

「あッ！」

ひよりがよろけながらふりかえった瞬間《しゅんかん》。

木材《もくざい》はいっきにくずれて、霧斗《きりと》を直撃《ちょくげき》した。下敷《したじ》きになった霧斗《きりと》は、道《みち》にたたきつけられた。強打《きょうだ》した頭《あたま》から血《ち》が吹《ふ》きだし、みるみる広《ひろ》がっていく！

「キャアアアアッ――!!」

ひよりは恐怖《きょうふ》で顔《かお》をひきつらせた。

通行人《つうこうにん》たちが、バタバタと駆《か》けよってくる。

ひよりも気《き》を失《うしな》った。


トントン。

ドアをノックする音《おと》が聞《き》こえる。

ひよりは、ぼうぜんとしたままベッドに横《よこ》たわっていた。あれから救急車《きゅうきゅうしゃ》で、町《まち》ではいちばん大《おお》きい、神山総合病院《かみやまそうごうびょういん》に運《はこ》ばれてきた。

ひよりもけがをして、ひたいにぐるぐると包帯《ほうたい》が巻《ま》かれていた。

病室《びょうしつ》には夕日《ゆうひ》がさしこんでいる。

「ひよりさん」

入《はい》ってきたのは、霧斗《きりと》の母《はは》、葉子《ようこ》だった。真《ま》っ赤《か》に泣《な》きはらした目《め》をして、髪《かみ》も乱《みだ》れて、つかれきっていた。

「お母《かあ》さん……」

ひよりは、ベッドから起《お》きあがろうとした。

「いいのよ、そのままで」

「霧斗《きりと》さん……、すみません、すみません」

ひよりは声《こえ》をしぼりだすように言《い》った。涙《なみだ》があふれでた。

霧斗《きりと》は木材《もくざい》の下敷《したじ》きになったまま、息《いき》を引《ひ》きとったのだ。ひよりはそのことを、少《すこ》し前《まえ》に、医者《いしゃ》から聞《き》かされたばかりだった。

「いいえ、いいの。あなたのせいじゃないわっ……」

葉子《ようこ》は、そっとひよりの手《て》をにぎりしめた。

「いえ、私《わたし》が悪《わる》いんです。私《わたし》が霧斗《きりと》さんをまきこんで……」

私《わたし》が、あんな変《へん》なことさえ言《い》わなかったら……。霧斗《きりと》はなにひとつ悪《わる》くないのに……。

自分《じぶん》の言《い》ったひとことで、世界《せかい》でいちばん好《す》きだった人《ひと》を失《うしな》ってしまった。ひよりの心《こころ》のふるえは止《と》まらなかった。

いつもいつも、やさしかった霧斗《きりと》。いっぱいいっぱい笑《わら》いあった。

悔《く》やんでも、悔《く》やんでも、悔《く》やみきれない……。

夜半《やはん》。ふりだした雨《あめ》は、ザーザーとしだいに強《つよ》くなっていった。

薬《くすり》は飲《の》んでいたが、ひよりは寝《ね》つかれないままうなされて、何度《なんど》も寝《ね》がえりをうった。

もうろうとした意識《いしき》の中《なか》で、ずきずき頭《あたま》が痛《いた》む。

雨《あめ》はいっそう強《つよ》まって、ガラガラと雷《かみなり》が鳴《な》りだした。

夜《よる》の病院《びょういん》の廊下《ろうか》はしずまりかえっている。……だが、いつからか、どこからともなくピチャッ、ピチャッと、音《おと》が響《ひび》きはじめた。


ピチャッ、ピチャッ。

ぬれた足音《あしおと》だ。

ピチャッ、ピチャッ。


ひよりの病室《びょうしつ》へむかってどんどん近《ちか》づいてくる。

ひよりは気《き》づかず、うなされたままだ。

そして足音《あしおと》はひよりの病室《びょうしつ》の前《まえ》で、ピタリと止《と》まった。

ハッと気《き》づいたとき、ひよりはだれかに首《くび》をしめつけられた。

「グッ」

雷鳴《らいめい》がとどろく。光《ひか》る稲妻《いなずま》にうかびあがったのは、びしょ濡《ぬ》れの雨《あま》がっぱを着《き》た男《おとこ》！

「やめ……て……」

雨《あま》がっぱの男《おとこ》は、黒《くろ》い手袋《てぶくろ》をして、ぐいぐいとひよりの首《くび》もとをしめあげる。

「く、くる……しい……」

全力《ぜんりょく》でふりほどこうとするが、まったく力《ちから》がでない。

しだいにうすれていく意識《いしき》の中《なか》で、ひよりの手《て》が、偶然《ぐうぜん》にナースコールのボタンに当《あ》たった。

『羽馬《はま》さん、どうされました？』

小《ちい》さなスピーカーから、看護師《かんごし》さんの声《こえ》が聞《き》こえた。

『羽馬《はま》さん？』

声《こえ》が聞《き》こえたとたん、雨《あま》がっぱの男《おとこ》は、パッと手《て》をはなして風《かぜ》のように病室《びょうしつ》去《さ》った。

看護師《かんごし》さんが、ドアをあける。

『羽馬《はま》さん』

た、助《たす》かった！

とたんにひよりは、のどに痛《いた》みを感《かん》じて、はげしくせきこんだ。


翌朝《よくあさ》。はげしかった雨《あめ》はすっかりあがっていた。

ひよりの病室《びょうしつ》の入《い》り口《ぐち》には、制服姿《せいふくすがた》の警察官《けいさつかん》が立《た》っている。

中《なか》には刑事《けいじ》がふたり。ひとりは年輩《ねんぱい》のいかにもベテランふうの刑事《けいじ》、江田島《えだじま》。窓《まど》から景色《けしき》をながめている。

ベッドに横《よこ》たわっているひよりに事情聴取《じじょうちょうしゅ》しているのは、若《わか》い刑事《けいじ》の秋川《あきかわ》だ。

秋川《あきかわ》の質問《しつもん》がひととおり終《お》わったところで、江田島《えだじま》がくるりと、ひよりのほうをむいた。

「で、犯人《はんにん》の心《こころ》あたりは？」

江田島《えだじま》は、しらがまじりの頭《あたま》をかきながら聞《き》いた。よれよれのスーツを着《き》ているが、いかにも、長年《ながねん》、事件《じけん》にかかわってきた人《ひと》の、するどさを感《かん》じさせる。

「礼治《れいじ》という人《ひと》だと……思《おも》うんです」

「ほう。その人《ひと》とはどういうご関係《かんけい》で？」

江田島《えだじま》はゆっくりと聞《き》いた。

「あの……死《し》んだ姉《ねえ》さんのお見合《みあ》い相手《あいて》で、そのう……その礼治《れいじ》さんも死《し》んでいるんです」

秋川《あきかわ》が、せきばらいをした。

江田島《えだじま》は、おちつけ、といった感《かん》じでめくばせをする。

「それは、いったいどういうことですか？」

「結婚《けっこん》しないで死《し》んだ人《ひと》どうしが、お見合《みあ》いをするんです」

その言葉《ことば》にさすがの江田島《えだじま》も、すこしあきれ顔《がお》になった。

「つまり、その幽霊《ゆうれい》が、あなたを殺《ころ》そうとしたと」

「はい……」

「あなたねえ」と、秋川《あきかわ》が口《くち》をはさんだ。

「本当《ほんとう》なんです！　信《しん》じてもらえないでしょうけど、本当《ほんとう》なんです！」

ふたりの刑事《けいじ》は顔《かお》を見《み》あわせた。やれやれと、顔《かお》に書《か》いてある。

「私《わたし》、このままではきっと、殺《ころ》されてしまいます！」

「わかりました、少《すこ》し、おちついて」

江田島《えだじま》が、またぼりぼりと頭《あたま》をかいた。

（結局《けっきょく》、だれも信《しん》じてくれない……。どうしたらいいの、どうしたら！）

絶望《ぜつぼう》が、いっきにおしよせてきた。


病室《びょうしつ》をでた江田島《えだじま》と秋川《あきかわ》は、ロビーの売店横《ばいてんよこ》にある自動販売機《じどうはんばいき》で、缶《かん》コーヒーを買《か》って飲《の》んでいた。

「話《はなし》がまともじゃないですよ」

プルタブを引《ひ》っぱりながら、秋川《あきかわ》が言《い》う。

江田島《えだじま》はごくごくいっきに飲《の》みほすと、ひたいにしわをよせた。

「だが、なにか、いやな感《かん》じがする」

「はあ？」

「しらべてみるか」

「本気《ほんき》ですか。彼女《かのじょ》はまともじゃない。しかも相手《あいて》は幽霊《ゆうれい》ですよ」

「ああ。そうかもな。だが、なにかがひっかかる」

「先輩《せんぱい》の、いつものカンですか」

「いくぞっ」

江田島《えだじま》は、ポン！　と、秋川《あきかわ》の背中《せなか》をたたいた。


刑事《けいじ》たちが帰《かえ》ったあと、しばらくぼうっとしていたひよりは、よろよろと立《た》ちあがり、病院《びょういん》をぬけだしていた。患者用《かんじゃよう》の病衣《びょうい》のままだ。

病院《びょういん》の裏《うら》の山《やま》へ山《やま》へと入《はい》っていく。木《き》にしめりけがあって、朝霧《あさぎり》がたちこめている。

めざしているのは、あの霊媒師《れいばいし》、みつの家《いえ》だ。

このままじゃ、私《わたし》は礼治《れいじ》さんにとり殺《ころ》される……。

私《わたし》は……あの世《よ》の人間《にんげん》の花嫁《はなよめ》に……。

もうたよれるのは、みつしかいなかった。

うっそうとした木々《ぎぎ》の奥《おく》に、ぼろぼろのくずれかかったような、みつの古《ふる》い家《いえ》が見《み》えた。

ひよりは、おそるおそる声《こえ》をかけた。

「あの……ごめんください……」

中《なか》から、みつの声《こえ》がする。

「お入《はい》り」

みつは、ひよりがくることがわかっていたように言《い》った。

家《いえ》の中《なか》はうす暗《ぐら》く、かびのにおいがする。障子《しょうじ》は穴《あな》だらけだった。

そのむこう、真《ま》っ赤《か》な座布団《ざぶとん》を重《かさ》ねた上《うえ》に、正座《せいざ》をしているみつがいた。

白《しろ》い布《ぬの》をかけた祭壇《さいだん》があり、壁《かべ》に書《か》きかけの〝死後婚《しごこん》〟の絵馬《えま》がずらりとかけてある。

ひよりはみつに、夢中《むちゅう》で駆《か》けよった。

「お願《ねが》いです！　助《たす》けてください！　私《わたし》、礼治《れいじ》さんに殺《ころ》されてしまう……」

みつは、ひよりのひたいの包帯《ほうたい》を見《み》た。

だが、つきはなすように言《い》った。

「そんなはずはない！　礼治《れいじ》さんには、わしが説得《せっとく》したんじゃ。そんなはずはない！」

「でも、本当《ほんとう》なんです！　お願《ねが》い、助《たす》けて!!」

みつは、すうっと長《なが》く息《いき》をはいて、めいそうをするように目《め》をとじた。

そしてカッ！　と目《め》をみひらいた。

「まさか、そんなはずは……」

「えっ？　えっ？」

みつの霊力《れいりょく》は、これまでひよりの身《み》に起《お》こったことを、フラッシュバックのようにとらえていた。そしていまもこの家《いえ》を見《み》つめている、雨《あま》がっぱの人物《じんぶつ》をとらえていた。

「もはやわしには、なにもできん」

「どういうことですか！」

ひよりの恐怖《きょうふ》は頂点《ちょうてん》にたっした。

みつはよろよろと立《た》ちあがって、書《か》きかけの絵馬《えま》を、指《ゆび》さした。

絵馬《えま》には、青白《あおじろ》い顔《かお》をした若《わか》い男《おとこ》が、ひとりだけ描《えが》かれている。

「昔《むかし》の話《はなし》じゃ……」

ひよりは、食《く》いいるようにみつを見《み》つめた。

「結婚《けっこん》をまぢかにひかえとった若《わか》い男《おとこ》が、はやり病《やまい》で亡《な》くなってての」

「…………」

「のこされた家族《かぞく》は、せめて死後婚《しごこん》をとげてやろうと……」

みつは、数珠《じゅず》を手《て》に持《も》って、ジャラジャラとすりあわせた。

「本来《ほんらい》なら死《し》んだ者《もの》の名前《なまえ》を書《か》かねばならんところを、きまりをやぶって、生《い》きてる婚約《こんやく》者《しゃ》の名前《なまえ》を書《か》いてしもうた」

「そんな」

「そしたら、1週間《しゅうかん》もせぬあいだに、その婚約者《こんやくしゃ》も逝《い》ってしもうた」

ひよりの顔《かお》が、みるみる青《あお》ざめる。

「だから、決《けっ》して絵馬《えま》には、生《い》きてるもんの名前《なまえ》を書《か》いちゃならんのだ」

「だとしたら……」

「そうじゃ」

「私《わたし》の名前《なまえ》が書《か》かれた絵馬《えま》が、もうかけられてるとしたら……」

みつは、首《くび》をふった。

「あきらめなされ。これはだれにも止《と》めるすべはないんじゃ。あんたを連《つ》れにくる……あの世《よ》から……」

「そんな、なんで私《わたし》が！」

そのときだった。


バンッ!!


とびらがあいて、暗《くら》がりから雨《あま》がっぱの男《おとこ》が、ぬっとあらわれた。

「きゃあああああ！！！」

みつが、ひよりの前《まえ》に立《た》ちはだかって男《おとこ》をにらんだ。

すると男《おとこ》はひよりをつかまえるのではなく、するりと通《とお》りぬけて壁《かべ》の絵馬《えま》をガッ！と、つかんだ。そしていとおしそうに胸《むね》にかかえた。

そのはずみで、かぶっていた黒《くろ》いフードがとれ、顔《かお》がのぞいた。

「れ、礼治《れいじ》さんのお母《かあ》さん!?」

ひよりは、目《め》をむいた。

雨《あま》がっぱの男《おとこ》は、栄津子《えつこ》だったのだ！

みつは黙《だま》ったまま、栄津子《えつこ》をするどくにらむ。

栄津子《えつこ》が口《くち》をひらいた。

「礼治《れいじ》はね……」

ぼうっと宙《ちゅう》を見《み》つめている。

「礼治《れいじ》はさびしがりやなのよ。とてもさびしがりやなの。ひとりじゃ、かわいそうじゃないの」

絵馬《えま》を、いっそう強《つよ》くだきしめた。

そして、ひよりにむかって言《い》った。

「あなたが、なかなか死《し》んでやらないから」

ひよりは恐怖《きょうふ》で足《あし》がふるえた。

「ふっふっふっ……」

突然《とつぜん》、栄津子《えつこ》は、大声《おおごえ》で笑《わら》いだした。

「ふぁっ、ふぁっ、ふぁっ、ふぁっ！！！」

鳥《とり》が鳴《な》くような奇妙《きみょう》な声《こえ》だった。

ふつうじゃない、とひよりは思《おも》った。礼治《れいじ》さんのお母《かあ》さん、ふつうじゃない。

栄津子《えっこ》はにやりとすると、絵馬《えま》をだいじそうにだきかかえて、すばやくみつの家《いえ》をでた。

みつが、ひよりにむかって大声《おおごえ》でさけぶ。

「あの女《おんな》、絵馬《えま》をかけるつもりじゃ！　いけ！　犬岐戸《いぬきど》のお掛場《かけば》は、うちの裏山《うらやま》じゃ！　かけられたら最後《さいご》じゃ！」


霧《きり》が濃《こ》い。

ひよりは栄津子《えっこ》を追《お》って、必死《ひっし》で裏山《うらやま》のお掛場《かけば》へ通《つう》じる石段《いしだん》を駆《か》けのぼった。

「絵馬《えま》をかけさせるな、死後婚《しごこん》が成立《せいりつ》する……」

みつの言葉《ことば》が呪文《じゅもん》のように、ぐるぐる耳《みみ》に聞《き》こえる。

「かけられたら最後《さいご》、連《つ》れていかれるぞ、あの世《よ》にな……」

「ふぁっ、ふぁっ、ふぁっ！」

先《さき》を駆《か》けあがっていく栄津子《えっこ》の、森《もり》をつんざくような笑《わら》いがこだましてくる。

長《なが》い階段《かいだん》だ。まるであの世《よ》へとつながっているような。

息《いき》をきらし、つまずきながら、ひよりは駆《か》けあがる。

のぼりきった先《さき》は、朝《あさ》だというのに暗《くら》い平地《へいち》だった。

はあはあはあ……。ひよりは背中《せなか》をまるめて息《いき》をした。

うす気味《きみ》わるい場所《ばしょ》。妖気《ようき》のようなものがただよっている。

真《ま》ん中《なか》に、しめ縄《なわ》をされた大木《たいぼく》があった。その幹《みき》や、広《ひろ》がった枝《えだ》に、死後婚《しごこん》の絵馬《えま》がかけられていた。

江戸時代《えどじだい》ぐらいの昔《むかし》の元号《げんごう》のものから、戦争《せんそう》で亡《な》くなった人《ひと》のもの、最近《さいきん》の人《ひと》たちのものまで……おびただしい数《かず》の絵馬《えま》がかけられている。

こんなところがあったなんて……。

ひよりは、大木《たいぼく》の根《ね》もとで、いままさに絵馬《えま》に筆《ふで》を動《うご》かしている、栄津子《えつこ》をみつけた。

絵馬《えま》には、昔《むかし》ながらの結婚式《けっこんしき》の衣装《いしょう》を着《き》た、男《おとこ》と女《おんな》の絵《え》が描《か》かれている。

男《おとこ》は黒《くろ》いはおりと、はかま。女《おんな》は、白無垢《しろむく》。

栄津子《えつこ》は絵馬《えま》に、墨《すみ》で『羽馬《はま》ひより』と書《か》く。そして絵馬《えま》を木《き》に打《う》ちつけようとした。

へらへらとうす笑《わら》いをしている。

「礼治《れいじ》、礼治《れいじ》、ひよりさんと、幸《しあわ》せにね……」

「だめ――ッ、やめて！」

全力《ぜんりょく》で駆《か》けよったひよりは、絵馬《えま》をうばいかえそうとして、ふたりははげしいもみあいになった。

はねとばされた絵馬《えま》が、地面《じめん》に落《お》ちて、カランッとまっぷたつに割《わ》れた。

「礼治《れいじ》いいいいっ！」

栄津子《えつこ》は絵馬《えま》に駆《か》けよって、ひろいあげると号泣《ごうきゅう》した。

「こんな絵馬《えま》じゃ、結婚《けっこん》させてあげられないよおおおっ！　ごめんね、ごめんね、礼治《れいじ》いいい！」

はあはあと、ひよりは息《いき》をしている。

そこに警察官《けいさつかん》らが、ドドッとふみこんできた。みつの連絡《れんらく》を受《う》けたのだろう。刑事《けいじ》の江《え》田島《だじま》も秋川《あきかわ》もいる。江田島《えだじま》は大声《おおごえ》でどなるように言《い》う。

「禰津栄津子《ねづえつこ》、有力《ゆうりょく》な目撃証言《もくげきしょうげん》がでた。鈴原霧斗《すずはらきりと》殺害《さつがい》の容疑《ようぎ》と、羽馬《はま》ひより殺人未遂容疑《さつじんみすいようぎ》で、逮捕《たいほ》する！」

栄津子《えつこ》の細《ほそ》いうでに、カチャリと手錠《てじょう》がかけられた。

栄津子《えつこ》は泣《な》いたり、笑《わら》ったりと、もはやふつうではない。

ひよりはこれまでの緊張《きんちょう》がいっきにとけて、地面《じめん》にへたりこみそうになった。あわてて江田島《えだじま》がささえる。

「もう大丈夫《だいじょうぶ》ですよ。しかし、いったい、ここはどういう場所《ばしょ》なんですか？　うす気味《きみ》わるい」

それから「パトカーでお送《おく》りしますよ」と言《い》った。

いくぞ、と秋川《あきかわ》に声《こえ》をかける。

「ありがとう……、信《しん》じてくれて……。本当《ほんとう》にありがとうございました」

ひよりは、そう言《い》うだけでせいいっぱいだった。刑事《けいじ》たちは信《しん》じてくれたのだ。

栄津子《えつこ》は、警察官《けいさつかん》に連行《れんこう》されふらふら階段《かいだん》をおりていく。

江田島《えだじま》と秋川《あきかわ》にうながされて、ひよりも、よろよろ歩《ある》きだした。

と、ふと強《つよ》いなにかを感《かん》じて、うしろをふりかえった。

そこには、かすかに風《かぜ》にゆれる、真新《まあたら》しい絵馬《えま》がかかっている。

「！」

突然《とつぜん》、ポケットに入《い》れてあった携帯《けいたい》の着信音《ちゃくしんおん》が、鳴《な》りひびいた。

ひよりは、絵馬《えま》から目《め》をそらさないまま、耳《みみ》にあてる。

聞《き》こえてきたのは、霧斗《きりと》の母《はは》、葉子《ようこ》の声《こえ》だった。

『もしもし、ひよりさん？』

「…………」

『実《じつ》はお話《はなし》があって』

「…………」

『……死後婚《しごこん》って、知《し》ってるかしら』

ひよりは、息《いき》をのむ。

そして、葉子《ようこ》がまさになにを言《い》おうとしているかが、直感《ちょっかん》でわかった。

『霧斗《きりと》は、ひよりさんをとっても好《す》きだった。ひよりさんとの結婚《けっこん》をなにより望《のぞ》んでいたの。だから、叶《かな》えてやりたくて』

「……………」

『もしもし、ひよりさん、それでね、形《かたち》だけ、ひよりさんの名前《なまえ》を書《か》かせてもらったの』

ゆれている絵馬《えま》には、黒《くろ》のモーニングを着《き》た花婿《はなむこ》と、赤《あか》い打掛《うちかけ》を着《き》た花嫁《はなよめ》が描《えが》かれている。

そこに、〝鈴原霧斗《すずはらきりと》、羽馬《はま》ひより〟と書《か》かれた名前《なまえ》が、ハッキリと見《み》える。

自分《じぶん》の顔《かお》が、ゆがんだのがわかった。

『ひよりさん、母親《ははおや》ってね、そういうものなの。息子《むすこ》の幸《しあわ》せを願《ねが》わない母《はは》なんて、どこにもいないわ。もしもし……ひよりさん、聞《き》いてる？』

ひよりは、受話器《じゅわき》を耳《みみ》におしあてたまま立《た》ちつくした。

みつの言《い》っていたことを思《おも》いだした。

〝連《つ》れていかれるぞ、あの世《よ》に〟

思《おも》わずあとずさりした。

「あ！」

足《あし》がもつれた瞬間《しゅんかん》、ひよりの体《からだ》は大《おお》きくかたむいて、石段《いしだん》を落下《らっか》した。

「きゃあっ」
ぐるぐる。
ぐるぐる。
空《そら》と木《き》がまわって見《み》える。
長《なが》い長《なが》い階段《かいだん》を、ひよりはころがりながら落《お》ちつづけていく。
そして地面《じめん》におもいきり頭《あたま》を打《う》ちつけた。
おどろいた江田島《えだじま》たちが、駆《か》けよってくるのがぼんやり見《み》える。
頭《あたま》から血《ち》が流《なが》れだしていく。意識《いしき》が遠《とお》のいていく。
ひよりの目《め》に最後《さいご》に映《うつ》ったもの。
それは足《あし》もとに立《た》つ、やさしくほほえむ青白《あおじろ》い霧斗《きりと》の顔《かお》だった。

おわり

さっきまでスマホに夢中《むちゅう》だったくせに。

オレはおばあさんに「あの、よかったらどうぞ」と声《こえ》をかけて立《た》ちあがり、通路《つうろ》にでた。

「まあ、ご親切《しんせつ》に。ありがとう、ありがとう」

おばあさんは、何度《なんど》も頭《あたま》をさげた。となりの男《おとこ》がオレのすわっていた窓側《まどがわ》につめて、あいた席《せき》におばあさんがすわった。

通路《つうろ》に立《た》ったオレを、そのサラリーマンが、ちぇっという感《かん》じでにらむ。カッコつけてんじゃねえよ、と目《め》が言《い》っている。オレはあわてて視線《しせん》をそらした。なんだよ、まるでオレが悪《わる》いみたいじゃないか。

突然《とつぜん》、急《きゅう》ブレーキがかかって、となりに立《た》っていたヤンキーふうの若《わか》い男《おとこ》に、おもいきり足《あし》をふまれた。

「痛《いた》っ！」

思《おも》わず声《こえ》がでたオレ。するとそいつがクルッとオレのほうにむきなおった。すいませんのひとこともないどころか、上《うえ》からじろじろとガンをつけてくる。オレはあわてて目《め》をふせて、体《からだ》をずらした。そのとたん、横《よこ》に立《た》っていた女子高生《じょしこうせい》の腕《うで》にふれた。

「ちょっと、さわんないでよ！」

女子高生《じょしこうせい》が、口《くち》をとんがらせる。

「あっ、ごめんなさい」

あせって、頭《あたま》をさげた。

気《き》が弱《よわ》いオレ。これがオレの弱点《じゃくてん》だ。子《こ》どものころから、いつもこんなだ。


バスをおりたオレは、バイト先《さき》へと急《いそ》いで歩《ある》きはじめた。すると、背後《はいご》から「すいません」と声《こえ》がする。オレはふりかえって「はい？」と答《こた》えた。そこにいたのは、白《しろ》ひげをたくわえたどこかのおじいさんだ。おじいさんは、困《こま》り顔《がお》で、くしゃくしゃになった紙《かみ》を見《み》せた。

「ここの、総合病院《そうごうびょういん》にいきたいんじゃけどな、道《みち》がわからなくなってしまってな」

オレは紙《かみ》を受《う》けとると、しわをのばしてあげて、説明《せつめい》をはじめた。

「ああ、この病院《びょういん》なら、まずここをまっすぐいってですね、それからふたつめの信号《しんごう》を左《ひだり》。あ、左《ひだり》っていっても、そこは三叉路《さんさろ》になっていますから、ややななめ左《ひだり》に進《すす》んで、こうなってこっちです」

オレは手《て》ぶりを入《い》れて説明《せつめい》した。だが、おじいさんはキョトンとしている。

「それで、そこをまっすぐいって……」

おじいさんは動《うご》かない。どうも全然《ぜんぜん》、わからないみたいだ。耳《みみ》も遠《とお》いのかもしれないな。

困《こま》ったな。バイトに遅《おく》れる。

だけど、放《ほう》っておけないし……。

「あの、いっしょにいきましょうか」

オレのひとことで、おじいさんの顔《かお》はパッと明《あか》るくなった。「持《も》ちましょう」、オレはおじいさんの足《あし》もとにおかれた、大《おお》きな重《おも》いバッグを持《も》ちあげた。

春一番《はるいちばん》のような風《かぜ》の中《なか》を、オレはおじいさんと歩《ある》きだした。


「ばかやろうっっっっっ！」

工事現場《こうじげんば》に着《つ》くやいなや飛《と》んできたのは、現場監督《げんばかんとく》のどなり声《ごえ》だった。誘導用《ゆうどうよう》の制服《せいふく》に着《き》がえていたオレは、あわててヘルメットをはずして、大《おお》きく頭《あたま》をさげた。

「すいません！」

「すいませんじゃねえよ。何時間遅《なんじかんおく》れたと思《おも》ってんだ!!」

監督《かんとく》は怒《いか》りまくっている。

「いや、あの、途中《とちゅう》でおじいさんに、あの、道《みち》、聞《き》かれちゃって」

「いいわけすんじゃねえよ！　もういい、帰《かえ》れ！」

「えっ……あの……」

オレは自分《じぶん》でも情《なさ》けないほどの声《こえ》をだす。

「クビだよっ、クビ！　さっさと帰《かえ》れ！」

そう言《い》うと、監督《かんとく》はさっと背《せ》をむけた。

「はあ……」


ああ、ツイてねえなあ。

クビになったオレは、どこへいくともなしに、とぼとぼと街《まち》を歩《ある》いていた。でるのはため息《いき》ばかりだ。

歩《ある》いている通《とお》りに面《めん》した、大《おお》きなレストランを見上《みあ》げる。エントランスまで、長《なが》い階段《かいだん》がつづいている。ヨーロッパあたりの、どこかのお城《しろ》みたいな豪華《ごうか》さだ。と、その階段《かいだん》を優雅《ゆうが》にのぼっていく、カップルが目《め》に入《はい》った。

高《たか》そうなスーツを着《き》た若《わか》い男《おとこ》と、ベージュ色《いろ》の、ふんわりしたワンピース姿《すがた》の若《わか》い女《おんな》。

あーあ、こんな高《たか》そうなところで、めし食《く》ってるやつもいるのにな。

そのとき、ひらりと、女《おんな》のまっしろいレースのハンカチが階段《かいだん》に落《お》ちた。

オレはいっしゅん、まよったが、そのハンカチをひろい、声《こえ》をかけた。

「あの、ハンカチ落《お》ちましたよ」

「え?」

ふりかえった女《おんな》は、セミロングの髪《かみ》。みとれてしまうほどきれいで、上品《じょうひん》な人《ひと》だった。

いままでオレが会《あ》ったこともない女性《じょせい》だ。

頭《あたま》の中《なか》を天使《てんし》たちが弾《ひ》く、ハープのような音楽《おんがく》が流《なが》れた。映画《えいが》みたいに。

女《おんな》はオレを見《み》て、かすかにほほえんだ。すると男《おとこ》のほうがすかさず、オレの手《て》からハンカチを、さっと受《う》けとると「どうも」と言《い》った。

「あっ」

オレは、いっしゅんの夢《ゆめ》からさめた気《き》がした。急《きゅう》に自分《じぶん》がはずかしくなった。

「紀子《のりこ》さん、いこう。パーティーのはじまる時間《じかん》だよ」

男《おとこ》は、さもオレから彼女《かのじょ》をガードするかのように、肩《かた》をだいてうながした。ふたりはなにごともなかったかのようにまた階段《かいだん》をのぼりはじめる。

きれいな人《ひと》だったなあ。紀子《のりこ》さんか。

オレはしばらくその場《ば》に立《た》ちつくした。


腹《はら》がすいていることに気《き》づいたオレは、そのあと目《め》についたラーメン屋《や》に入《はい》った。

おやじさんがひとりできりもりしているような、小《ちい》さな店《みせ》だ。

オレはカウンター席《せき》にすわった。

「はい、ラーメンお待《ま》ち」

「どうも」

オレは、ラーメンをいきおいよくすすった。

そのとき、横《よこ》にすわっていた大学生《だいがくせい》らしき男《おとこ》が「あれ？　あれ？」と、声《こえ》をあげた。立《た》ちあがって、あわててズボンのポケットをがさごそさぐっている。

「どうしたんですか？」

オレは声《こえ》をかけた。

「いや、10円足《えんた》りないんですよ」

男《おとこ》は100円玉《えんだま》を4枚《まい》と、10円玉《えんだま》を1枚《まい》、カウンターにおいて、もう一度《ど》、ポケットをあちこち、さぐった。

「あの、もしよかったら、これ」

オレは10円玉《えんだま》をさしだした。

「え、いいんですか」

男《おとこ》がおどろいたように、オレの顔《かお》を見《み》た。

「ええ、どうぞ」

「すいません」

男《おとこ》は10円《えん》を受《う》けとると、レジへ持《も》っていった。

「はい、ちょうどね。まいど」

おやじさんが言《い》う。

男《おとこ》は出口《でぐち》でオレをふりかえると、「ホントに、ありがとうございました！」と、ぺこりと頭《あたま》をさげた。

オレも思《おも》わずえしゃくをする。その拍子《ひょうし》に、わりばしが落《お》ちて床《ゆか》にころがった。

「あ」

ひろおうとしてしゃがむと、カウンター下《した》のみぞに、キラリ！　なにか光《ひか》ったものがはまっている。指《ゆび》でつまむとそれは100円玉《えんだま》だった。

「おやじさん、100円《えん》が落《お》ちてたよ」

「え、100円《えん》？　いいよ、いいよ、とっとけよ」

「え？　いいの？」

オレは聞《き》きかえした。

「ああ」

おやじは、にこりとして「へい、チャーハンお待《ま》ち」とほかの客《きゃく》に声《こえ》をかけた。

「ありがとう」

オレは思《おも》わずほほえんだ。

店《みせ》をでて、その100円玉《えんだま》をながめながら歩《ある》いていると、なんだか急《きゅう》にうれしくなった。

クビになって落《お》ちこんでいた気持《きも》ちが、だんだん晴《は》れてきた。

もしかすると、今日《きょう》はツイてるかもなー。

そう思《おも》った矢先《やさき》、コロコロ坂道《さかみち》をころがってきた空《あ》き缶《かん》に、足《あし》をとられてころんだ。

痛《いた》っ、なんだよもう！　やっぱりツイてねえや。

空《あ》き缶《かん》をひろって立《た》ちあがると、ジーンズの尻《しり》をはたいた。

ええと、ゴミ捨《す》て場《ば》は？

近《ちか》くの自動販売機《じどうはんばいき》の横《よこ》にゴミ箱《ばこ》があった。しかし、缶《かん》だけではない、あらゆるゴミがあふれでて、道《みち》に散《ち》らばっている。汚《きた》ねえなあ。

するとちょうど、若《わか》い男《おとこ》が目《め》の前《まえ》でポイ捨《す》てしていく。

オレはため息《いき》をついて、ゴミの分別《ぶんべつ》をしはじめた。缶《かん》は缶《かん》、燃《も》えるゴミ、不燃《ふねん》ゴミ……。ひと仕事《しごと》を終《お》えてきれいになると、のどが渇《かわ》いたオレは、販売機《はんばいき》で120円《えん》のジュースを買《か》った。200円《えん》を入《い》れて、おつりを受《う》けとろうとしたら、でてきたのはなんと500円玉《えんだま》だった。

「！」

オレはちょっとドキドキして、いちおう周囲《しゅうい》を気《き》にしたものの、500円玉《えんだま》を手《て》にとった。

おお、今日《きょう》はやっぱりツイてるのかも！

思《おも》わず、にんまりして歩《ある》きだしたオレの耳《みみ》に、まわりをつんざくかのような、子《こ》どもの泣《な》き声《ごえ》が聞《き》こえてきた。

えーん、えーん。

商店街《しょうてんがい》のアーケードの入《い》り口《ぐち》で泣《な》いている。3、4歳《さい》だろうか。幼《おさな》い男《おとこ》の子《こ》である。いきかう人《ひと》たちは、チラリと見《み》るものの、だれも声《こえ》をかけない。オレは心配《しんぱい》になって、しゃがみこむと声《こえ》をかけた。

「おい、どうしたんだ？」

声《こえ》をかけると、男《おとこ》の子《こ》はよけいに泣《な》いた。

「パパかママは？　大丈夫《だいじょうぶ》だよ、お兄《にい》ちゃんが探《さが》してやるよ」

男《おとこ》の子《こ》は、えっ、えっとしゃくりあげた。

「はぐれちゃったのか？」

「ううん」と、男《おとこ》の子《こ》は首《くび》をふった。

「ハッピーレンジャーがね」

「ハッピーレンジャー？」

って、なんだそれ。

「お兄《にい》ちゃん知《し》らないの？　ヒーローだよ！　強《つよ》いんだよ。広場《ひろば》にくるって聞《き》いたんだ」

ああ、ドラマでやっている戦隊《せんたい》もののことか。広場《ひろば》ってどこの広場《ひろば》だ？

「じゃあ、ひとりできたのか？」

うん、と男《おとこ》の子《こ》はうなずいた。

「おうちは、どこなの？」

「…………」

これは、交番《こうばん》に連《つ》れていくしかないか。そのとき小《ちい》さい声《こえ》で男《おとこ》の子《こ》が言《い》った。

「おこめ……」

「なに？」

「おこめ、やさん」

「米屋《こめや》さんなのか。お店《みせ》の名前《なまえ》、わかるか？」

ううん、と男《おとこ》の子《こ》は言《い》う。

オレは手《て》を引《ひ》いて、目《め》についた肉屋《にくや》さんにいった。このアーケードに昔《むかし》からありそうな店《みせ》だから、知《し》っているにちがいない。

「あの、すいません。このあたりにお米屋《こめや》さんはありませんか？」

肉《にく》のならんだケース越《ご》しに、コロッケを揚《あ》げていたおばさんに声《こえ》をかけた。

「なんだい、米屋《こめや》？　昔《むかし》からあるとこは『多幸《たこう》』さんしかないよ。いまはみんなスーパーで買《か》っちゃうからさ」

「場所《ばしょ》、教《おし》えてもらえますか」

「ここから15分《ふん》ぐらい歩《ある》いたべつの商店街《しょうてんがい》だよ。そこの角《かど》を左《ひだり》に曲《ま》がってずっといく」

おばさんは、タオルで顔《かお》をふいた。

「ありがとうございました！　あ、そうだ、ちなみに広場《ひろば》ってどこにあるんですか」

「広場《ひろば》？　駅前《えきまえ》の広場《ひろば》なら、もっと遠《とお》いよ」

「はあ。どうも」

オレは男《おとこ》の子《こ》を「よいしょ」と、だきかかえる。男《おとこ》の子《こ》は安心《あんしん》したようにしがみついてきた。

「もう大丈夫《だいじょうぶ》だぞ。おうちまで送《おく》るからな」

教《おし》えられた方角《ほうがく》へ歩《ある》きだした。

商店街《しょうてんがい》の中《なか》ごろに、『多幸《たこう》』なる米屋《こめや》を見《み》つけた。びっくりするぐらい立派《りっぱ》な構《かま》えの老舗《しにせ》ふうな店《みせ》だった。のれんが風《かぜ》にはためいている。

「ごめんください！」

戸《と》をあけて入《はい》ると、奥《おく》から母親《ははおや》らしき人《ひと》が「あっ」と言《い》って、ころがるようにでてきた。

「智《さとし》！」

改《あらた》めて見《み》ると、多《おお》くの人《ひと》が店《みせ》の中《なか》でてんやわんやしていた。姿《すがた》が見《み》えなくなった子《こ》どもを、みんなで探《さが》しまわっていたのだろう。

「よかった、無事《ぶじ》だったのね！」と、母親《ははおや》は男《おとこ》の子《こ》をだきしめた。

「どこのどなたかわかりませんが、ありがとうございました！」

オレにむかって、ていねいにおじぎをしてくれる。

「あの……、むこうの商店街《しょうてんがい》でまよっていて。なんとかいうヒーローを見《み》たかったようです」

「そうだったの、智《さとし》、もうひとりでいっちゃだめよ！」

そのとき、店《みせ》の奥《おく》から店主《てんしゅ》らしき老人《ろうじん》がでてきた。

「いやあ、孫《まご》を見《み》つけてくれてありがとう。お名前《なまえ》はなんとおっしゃるかな」

「あ、青木《あおき》といいます」

オレは小《ちい》さい声《こえ》で答《こた》える。

「青木《あおき》さんですね、これは私《わたし》からのほんの御礼《おれい》です。ぜひ受《う》けとってください」そう言《い》いながら、小《ちい》さな包《つつ》みをとりだした。

「あ、いえ、ぼくはただ、その、坊《ぼっ》ちゃんが泣《な》いていらしたので……心配《しんぱい》に……」

「いえいえ、本当《ほんとう》にたいしたもんじゃありませんで。どうか受《う》けとってください」

オレは困《こま》ったと思《おも》いながらも受《う》けとることにして、智《さとし》という子《こ》に手《て》をふった。男《おとこ》の子《こ》はすっかり元気《げんき》になって「バイバイ、お兄《にい》ちゃん！」と、手《て》をふりかえしてきた。


店《みせ》をあとにしたオレは、包《つつ》みの中《なか》を見《み》てみた。そこにはのし袋《ぶくろ》があって、中《なか》をのぞくと1万円札《まんえんさつ》が見《み》えた。

ギャッ！　オレにとっては大金《たいきん》だ。

そして、べつの袋《ふくろ》には商店街《しょうてんがい》の福引券《ふくびきけん》が、数枚入《すうまいはい》っていた。

やっぱり、今日《きょう》はツイてる！

こんな日《ひ》がオレにもあるんだ！

そのとき、前方《ぜんぽう》から猛《もう》スピードで走《はし》ってきた、若《わか》い男《おとこ》の乗《の》った自転車《じてんしゃ》が、オレの目《め》の前《まえ》を歩《ある》いていたおじいさんを、あやうくひきそうになった。

「あぶないっ！」

とっさに、1万円札《まんえんさつ》と福引券《ふくびきけん》の入《はい》った包《つつ》みを投《な》げ捨《す》てて、オレはおじいさんをかばった。

「まったく、もう！」

オレは地面《じめん》にひっくりかえったが、そのはずみで、そばにあったなにかにぶつかって、すこし背中《せなか》が痛《いた》んだ。おじいさんは無事《ぶじ》だった。

「大丈夫《だいじょうぶ》ですか？」

オレは起《お》きあがりながらたずねると、おじいさんは、「どうもどうも、ご親切《しんせつ》に」と、頭《あたま》をさげた。そして何度《なんど》もありがとう、と言《い》った。

そのとき、背中《せなか》に当《あ》たったのは、福引会場《ふくびきかいじょう》の机《つくえ》だったと気《き》づいた。たくさんのピンクの提灯《ちょうちん》がゆれて、紅白《こうはく》の幕《まく》がかかっている。机《つくえ》の上《うえ》には、手《て》でまわして景品《けいひん》の玉《たま》をだす、通《つう》称《しょう》〝ガラガラポン〟がおいてある。

あ、いま、福引《ふくびき》をやってるんだ。さっきもらった券《けん》で引《ひ》いてみるかな。

オレは道《みち》から包《つつ》みをひろいあげ、係《かかり》の人《ひと》に福引券《ふくびきけん》をわたすと、ガラガラとまわした。

ポトッ！

最初《さいしょ》にでたのは、金色《きんいろ》の玉《たま》。

えっ。

「大当《おおあ》たり〜!!」

カラン、カラン、カラン！

係員《かかりいん》が、大《おお》きく鐘《かね》をふりながらさけんだ。

「でましたーっ、大当《おおあ》たり！　1等《とう》、でましたーっ!!」

「！」

「おめでとうございます！　1等賞金《とうしょうきん》の10万円《まんえん》です」

「じゅ……10万円《まんえん》！」

まわりから、わあっと拍手《はくしゅ》がわいた。

『1等賞《とうしょう》』と書《か》かれた、水引《みずひき》のついた大《おお》きなのし袋《ぶくろ》をわたされる。

「あ、あの……、ありがとうございます」

夢《ゆめ》を見《み》ているみたいだった。

親切《しんせつ》にしたら、金《かね》が入《はい》ってきた？　いや、まさか……。

次《つぎ》の日《ひ》。オレはバイト雑誌《ざっし》をにぎりしめて、アパートから街《まち》にでた。早《はや》く、新《あたら》しいバイトを見《み》つけなくちゃな。

昨日《きのう》の、ふってわいたような幸運《こううん》でまだ興奮《こうふん》していたが、あんなことはめったに起《お》こらないんだからな。

駅《えき》をめざして歩《ある》く途中《とちゅう》、歩道《ほどう》にはみだしていた自転車《じてんしゃ》で、ひざをおもいきりぶつけた。

「痛《いた》っ」

よく見《み》ると、何台《なんだい》もの自転車《じてんしゃ》が、歩道《ほどう》なのにむちゃくちゃ乱雑《らんざつ》にとめてある。

まったく、しょうがないな。

オレは、全部《ぜんぶ》の自転車《じてんしゃ》を、1台《だい》、1台《だい》、きれいに整理《せいり》しなおした。

かたづけながら、ふっと思《おも》った。

こんなことしていたら、もしかしてまたお金《かね》が入《はい》ってきちゃったりして。

ふふふ、と心《こころ》の中《なか》で笑《わら》い、いやいやそんなわけないよな、と首《くび》をふる。

最後《さいご》の1台《だい》をならべなおしたとき、「ニャーッ」という声《こえ》が聞《き》こえた。

「?」

「ニャーッ」

なんだ? オレは最後《さいご》の自転車《じてんしゃ》の前《まえ》かごをのぞきこんだ。

猫《ねこ》がいる!

捨《す》て猫《ねこ》か、まったく。いや、しかしよく見《み》ると、首輪《くびわ》をした、毛《け》なみがふさふさした高《こう》級《きゅう》そうな猫《ねこ》だ。

「なんだおまえ、どっからきたんだ? ん?」

猫《ねこ》はオレの顔《かお》を見《み》て、「ニャー」と鳴《な》いた。

かわいいなあ。だけどオレじゃあ、飼《か》ってやれないしな。かごから猫《ねこ》をだきあげたとき、ふと目《め》の前《まえ》の電柱《でんちゅう》の、はり紙《がみ》が目《め》に入《はい》った。

『まよい猫《ねこ》。チャッピーをみつけた方《かた》には、20万円《まんえん》をさしあげます』

えっ、この写真《しゃしん》、まさかおまえ?

「チャッピーっていうのか?」

猫《ねこ》はまたニャーと鳴《な》く。

う、うそみたい。

飼《か》い主《ぬし》の家《いえ》は、高級住宅地《こうきゅうじゅうたくち》にある邸宅《ていたく》だった。品《ひん》のいいおばあさんがでてきて、「本当《ほんとう》にありがとう」と感謝《かんしゃ》された。お礼《れい》だと言《い》われてわたされた封筒《ふうとう》には、20万円《まんえん》が入《はい》っている。

おお、やっぱり、そうなんだ！

無事《ぶじ》、飼《か》い主《ぬし》に猫《ねこ》を届《とど》けたオレは、確信《かくしん》していた。親切《しんせつ》にしていれば、金《かね》が入《はい》るんだ。なんでだかわからないけど、入《はい》ってくる。このまま、どんどん親切《しんせつ》にすれば、金《かね》もどんどん入《はい》ってくるにちがいない。

ああ、どんどん金持《かねも》ちになって、いい家《いえ》に住《す》んで、いい服《ふく》買《か》って、いい車《くるま》に乗《の》って、うまいもん食《く》って……。

そしたら、そしたら、あの人《ひと》とだってつきあえるにちがいない！

昨日《きのう》から、オレの心《こころ》には階段《かいだん》で見《み》かけた美《うつく》しい彼女《かのじょ》、紀子《のりこ》さんがずっといる。

オレは空想《くうそう》にひたった。
タキシード姿《すがた》のオレ。華《はな》やかなパーティードレスを着《き》た彼女《かのじょ》。
ほほえみあう、ふたり。
オレは紀子《のりこ》さんをエスコートして、レストランへと入《はい》っていく。
ああ、幸《しあわ》せな気分《きぶん》だ！
オレは、自分《じぶん》に決意表明《けついひょうめい》した。

よし、もっともっと、親切《しんせつ》にするぞおおっ――――!!

それからのオレは、〝親切《しんせつ》〟をすることが仕事《しごと》のようになった。ふしぎなことに、親切《しんせつ》を必要《ひつよう》としている人《ひと》たち、場面《ばめん》にどんどん出合《であ》うようになった。
ある日《ひ》の川《かわ》べり。若《わか》い女性《じょせい》が、なにか下《した》をむきながらうろうろしていた。「どうかしたのですか」と声《こえ》をかけると、「婚約者《こんやくしゃ》からもらった、大切《たいせつ》なピアスを川《かわ》に落《お》としちゃったみたいなんです」と言《い》う。

オレは、すぐさまジーンズをめくって、小石《こいし》の多《おお》い川《かわ》に飛《と》びこんだ。

川底《かわぞこ》を一生懸命《いっしょうけんめい》にあさる。

女性《じょせい》は心配《しんぱい》そうにようすを見《み》ていた。

「あった！　これですね」

見《み》つけたピアスをかざすと、女性《じょせい》は、満面《まんめん》の笑《え》みをうかべた。

「ありがとう！　よかった」

大喜《おおよろこ》びの顔《かお》を見《み》て、オレも満足《まんぞく》する。

と、なにかが腕《うで》にペタリとはりついた。見《み》ると、川《かわ》の水《みず》でぬれた馬券《ばけん》である。

えっ！

きた、きた、きた！

幸《しあわ》せの前《まえ》ぶれだ。

オレはその足《あし》で、ウキウキと競馬場《けいばじょう》に駆《か》けつけた。案《あん》のじょう、馬券《ばけん》は大当《おおあ》たり!!　オレは多額《たがく》の配当金《はいとうきん》を手《て》にすると、喜《よろこ》びいさんで帰《かえ》った。

翌日《よくじつ》。通《とお》りかかったバス停《てい》で。

おばさん3人《にん》が、夢中《むちゅう》になってしゃべっていた。その中《なか》のひとりがバス停《てい》のベンチに、カサを忘《わす》れてバスに乗《の》りこんでいった。気《き》づいたオレは、大《おお》あわてで発車《はっしゃ》したバスを追《お》いかける。

「すいませーん！　忘《わす》れ物《もの》！　忘《わす》れ物《もの》でーす！」

大声《おおごえ》でさけんだが、後部座席《こうぶざせき》にすわったおばさん3人《にん》にオレの声《こえ》は届《とど》かない。オレはバスを追《お》いかけてひたすら走《はし》った。おばさんたちが下車《げしゃ》して入《はい》った先《さき》は水族館《すいぞくかん》。

「すいません、こ、これ、忘《わす》れ物《もの》です！」

息《いき》せききって走《はし》ったせいで、声《こえ》がかれていた。水族館《すいぞくかん》のフロアでふりかえったおばさんのひとりが、「まあ、ありがとう！　ご親切《しんせつ》に」と、御礼《おれい》を言《い》った。

「いえいえ、よかったです」

はあはあ息《いき》をきらしたオレは、きた道《みち》を帰《かえ》ろうとした。まさにそのとき。館内《かんない》に拍手《はくしゅ》が鳴《な》りひびいた。

『おめでとうございまーす!!』

えっ!?

突然《とつぜん》、赤《あか》い制服《せいふく》を着《き》た鼓笛隊《こてきたい》があらわれて、盛大《せいだい》に太鼓《たいこ》を打《う》ち鳴《な》らし、トランペットを吹《ふ》いて、シンバルを鳴《な》らした。


パンパカパーン！　パパパパンパカパーン！


えっ!?　えっ!?

くす玉《だま》が割《わ》れて、色《いろ》とりどりの風船《ふうせん》とともに、たれ幕《まく》がさがった。

『祝《しゅく》！　入場者《にゅうじょうしゃ》100万人達成《まんにんたっせい》』と書《か》いてある。

そこに、青《あお》い水着《みずぎ》を着《き》た美女《びじょ》があらわれた。たすきに『ミス水族館《すいぞくかん》』とある。

「おめでとうございます！」と、花束《はなたば》をわたされるオレ。

花束《はなたば》をもらうなんて、生《う》まれてはじめてだ。そして館長《かんちょう》が1メートルもありそうな小切手《こぎって》の模型《もけい》を、目《め》の前《まえ》にかざした。

「こちらが、賞金《しょうきん》の100万円《まんえん》になります」

小切手《こぎって》には、100万円《まんえん》と印字《いんじ》されている。

「うっ」

オレは絶句《ぜっく》した。

「あの……」と、ミス水族館《すいぞくかん》から心配《しんぱい》そうに声《こえ》をかけられる。

「いや、心配《しんぱい》ないです。びっくりしただけで、すごくすごくうれしいです！」

オレはせいいっぱいの笑顔《えがお》を見《み》せる。そのようすを見《み》て、館内《かんない》にいた全員《ぜんいん》から「わーっ」と、また大《おお》きな拍手《はくしゅ》がまきおこった。

すごい。どんどん額《がく》が大《おお》きくなっていく。

〝親切《しんせつ》をすれば大金《たいきん》が入《はい》ってくる〟

もはや疑《うたが》いようがなかった。


その日《ひ》の帰《かえ》り道《みち》。

オレは火事《かじ》に遭遇《そうぐう》した。住宅地《じゅうたくち》にある1軒《けん》の家《いえ》から、ごうごうと火《ひ》の手《て》があがっている。

野次馬《やじうま》が集《あつ》まって、口々《くちぐち》に火事《かじ》だーっ、とさけんでいる。

「中《なか》に、中《なか》に、子《こ》どもがいますっ！　た、助《たす》けて！」

母親《ははおや》らしき人《ひと》が、家《いえ》の中《なか》に飛《と》びこもうとして、何人《なんにん》かにおさえられる。

オレはとなりの家《いえ》の庭《にわ》に、水道《すいどう》のホースを見《み》つけて、いきおいよく蛇口《じゃぐち》を開《ひら》いた。

ジャージャー、頭《あたま》から水《みず》をあびて、中《なか》に飛《と》びこんだ。

室内《しつない》には煙《けむり》が充満《じゅうまん》し、あちこちで火《ひ》が燃《も》えさかっている。オレは手《て》で口《くち》をおさえながら、子《こ》どもを探《さが》しまわった。どこだ、どこにいる！

まもなくして、キッチンのかたすみにたおれている3歳《さい》ぐらいの女《おんな》の子《こ》を発見《はっけん》した。

煙《けむり》で息《いき》が苦《くる》しい。オレは力《ちから》をふりしぼって、女《おんな》の子《こ》をだきかかえると外《そと》に飛《と》びだした。

母親《ははおや》らしき人《ひと》が、ほっとしたのか地面《じめん》にくずれ落《お》ちた。

女《おんな》の子《こ》は救急車《きゅうきゅうしゃ》に乗《の》せられて、病院《びょういん》へとむかっていった。

よかった！

命《いのち》を救《すく》えた！

力《ちから》になれた！

救急車《きゅうきゅうしゃ》を見送《みおく》るオレの足《あし》もとに、どこからかハラハラと、1枚《まい》の紙《かみ》きれが舞《ま》ってきた。

宝《たから》くじである。

まるで天《てん》からふってきたようだった。

オレはそれをひろいあげて確信《かくしん》した。

これ、当《あ》たりくじだ！


目《め》の前《まえ》の机《つくえ》に、見《み》たこともない札束《さつたば》が、どんどん積《つ》まれていく。

1億円《おくえん》！


ここは都市銀行《としぎんこう》の、奥《おく》まった特別室《とくべつしつ》。

「おめでとうございます！」

最後《さいご》の束《たば》を積《つ》んだ銀行員《ぎんこういん》のふたりが、うやうやしい感《かん》じで言《い》う。

「ありがとうございます!!」

とオレ。声《こえ》がふるえている。

天《てん》からふってきたくじ券《けん》は、やっぱり当選《とうせん》していたのだ。それも1等賞《とうしょう》！　当選金《とうせんきん》は振《ふ》り込《こ》みか、現金《げんきん》の持《も》ち帰《かえ》り。

どちらかを選《えら》べると知《し》って、オレは持《も》ち帰《かえ》りを希望《きぼう》した。だってこんな大金《たいきん》を現金《げんきん》でおがめる機会《きかい》は、そうそうないからな。

受《う》けとりがすんだオレは、重《おも》いジュラルミンのケースをさげて、銀行《ぎんこう》のトイレに入《はい》った。

便座《べんざ》にすわって、ケースをあける。ぎっしりと札束《さつたば》の山《やま》。

ああ、現実《げんじつ》だ！　オレの目《め》の中《なか》に、ピカピカと星《ほし》が飛《と》びまわる。

やったぞっ！

これでオレは大金持《おおがねも》ちだ！　やっぱり親切《しんせつ》は金《かね》になるんだ！

次《つぎ》にやることは決《き》まっていた。

「よし！」

ケースのふたをしめると、オレはいきおいよく、立《た》ちあがった。

それから3日後《かご》の夜《よる》。

オレは真《ま》っ赤《か》なオープンカーを運転《うんてん》して、ネオンのきらめく街《まち》を走《はし》っていた。こんな高《こう》

壱万円
KUJI

級車《きゅうしゃ》に乗《の》れている自分《じぶん》が信《しん》じられない。だけどこれは現実《げんじつ》なんだ。

助手席《じょしゅせき》には、赤《あか》いリボンが結《むす》ばれた大《おお》きなバラの花束《はなたば》。

ストライプの高級《こうきゅう》スーツを身《み》にまとい、バッチリ決《き》めた。

むかっている先《さき》は、あの高級《こうきゅう》レストランだ。

すべてはあの女性《じょせい》、紀子《のりこ》さんのため。

オレはあれからたびたびこのレストランの前《まえ》にきて、紀子《のりこ》さんが、ほぼ毎週水曜日《まいしゅうすいようび》に、きていることを知《し》ったのだ。今日《きょう》は賭《か》けだったが、なぜか絶対《ぜったい》に会《あ》える、と思《おも》っていた。

レストランの前《まえ》の道《みち》に車《くるま》をとめると、ルームミラーでヘアスタイルを整《ととの》えた。

車《くるま》からでて深呼吸《しんこきゅう》をして待《ま》つ。

ドキドキドキ。

と、そのとき、通《とお》りがかったカップルの男《おとこ》が、煙草《たばこ》のポイ捨《す》てをしたのが目《め》に入《はい》った。

オレは急《いそ》いで、まだ煙《けむり》のでている吸《す》いがらをひろって、車《くるま》の灰皿《はいざら》にぎゅっとおしこんだ。

ふりむくと、紀子《のりこ》さんが立《た》ってオレを見《み》ていた。

あ。

白《しろ》いレースのワンピース姿《すがた》。なんてきれいなんだ！

オレはあわてて助手席《じょしゅせき》から花束《はなたば》をとりだして、もういっかい深呼吸《しんこきゅう》すると、彼女《かのじょ》にあゆみよった。

「あ、あの……あの……」

「？」

花束《はなたば》をさしだす。

「も、もしよかったら、今度《こんど》の日曜日《にちようび》、お食事《しょくじ》でも」

「え？」

とまどっているのが手《て》にとるようにわかった。そこに、紀子《のりこ》さんの友《とも》だちらしき3人《にん》がやってきた。男《おとこ》がふたりと女《おんな》がひとり。女《おんな》が紀子《のりこ》さんに声《こえ》をかける。

「紀子《のりこ》、どうかしたの？」

「あ、うん、ちょっと」

と彼女《かのじょ》は答《こた》える。すると男《おとこ》のひとりが紀子《のりこ》さんに聞《き》いた。

「どちらのお友《とも》だち？」

「あ……」

困《こま》っている彼女《かのじょ》を見《み》て、オレは言《い》った。

「あ、青木《あおき》と申《もう》します」

するとその男《おとこ》が「え？　あの青木財閥《あおきざいばつ》の？」と聞《き》いてきた。

「えっ……あの……」

オレはいきなりしどろもどろだ。すると、もうひとりの女《おんな》がほほえんだ。

「まあ、ジュニアですか？」

「いえ……、ちがいます」

すかさず、もうひとりの男《おとこ》が言《い》う。

「まあいいや。あ、そうだ、今度《こんど》の日曜《にちよう》、みんなで葉山《はやま》でクルージングするんですけど、どうですか？　ごいっしょに」

「そうね、ぜひいらして！　みんな、自家用《じかよう》のクルーザーで集《あつ》まるんですよ。そのあとは海辺《うみべ》のレストランで恒例《こうれい》のシャンパン・パーティー。楽《たの》しいですよお」と、女《おんな》が言《い》う。

やばいぞ、困《こま》った。

オレは、胸《むね》のドキドキを見《み》やぶられないように、答《こた》えた。

「あ、その日《ひ》はちょっと用事《ようじ》があってダメだったんだ。すいません、また今度《こんど》」

「そうですか。じゃあ、また今度《こんど》」

もうひとりの男《おとこ》が「いこうか」と、みんなをうながして階段《かいだん》をのぼりはじめた。紀子《のりこ》さんは少《すこ》しだけふりむいてオレを見《み》たが、そのままレストランの扉《とびら》の中《なか》に消《き》えた。


ああ、ダメだった……。住《す》む世界《せかい》がちがう……。1億《おく》ぽっちでうかれて……。

いっきに絶望感《ぜつぼうかん》におそわれる。

しかし、すぐに力《ちから》がみなぎってきた。

もっと、もっと金持《かねも》ちにならなきゃダメだ！　もっと親切《しんせつ》にして、もっと金《かね》をかせいで。

小《ちい》さな親切《しんせつ》ぐらいじゃダメなんだ。もっと大《おお》きな親切《しんせつ》をしないと！

金《かね》、金《かね》、金《かね》！

オレの欲望《よくぼう》はどんどんどんどん、大《おお》きくなっていった。もはやブレーキがきかない。

大《おお》きな親切《しんせつ》、大《おお》きな親切《しんせつ》……。

そうだっ!!

頭《あたま》の中《なか》にピカリ、閃光《せんこう》が走《はし》った。


「これを、ぜ、全部《ぜんぶ》ですか!」

老人《ろうじん》ホームの園長《えんちょう》、石井洋祐《いしいひろすけ》は、度胆《どぎも》を抜《ぬ》かれた顔《かお》で言《い》った。

夜《よる》の応接室《おうせつしつ》のテーブルで、ジュラルミンケースをあけて、たったいまオレは「全額《ぜんがく》、寄付《きふ》します!」と宣言《せんげん》したのだ。

ここは、バイトにいくときに、バスからよく見《み》かけて、なんとなく気《き》になっているホームだった。

「ええ。7000万円《まんえん》あります」

園長《えんちょう》は、口《くち》をあんぐりあける。

1億円《おくえん》のうち3000万円《まんえん》は、マンションと車《くるま》の購入《こうにゅう》に使《つか》ったのだ。

さらにオレは、スーツの胸《むね》ポケットから書類《しょるい》をとりだした。

「それから、これはマンションの権利書《けんりしょ》と車《くるま》のカギです。車《くるま》は駐車場《ちゅうしゃじょう》にとめてあります。

とにかく全財産《ぜんざいさん》を、こちらの老人《ろうじん》ホームに寄付《きふ》しようと思《おも》いまして」

「あ、あの……失礼《しつれい》ですが、どうしてまた？」

オレは胸《むね》を張《は》って言《い》った。

「これからは福祉《ふくし》の時代《じだい》です！　ぼくらみたいな若《わか》い世代《せだい》が、もっと積極的《せっきょくてき》に福祉《ふくし》に貢献《こうけん》しないと、と思《おも》いまして」

「す、素晴《すば》らしい！」

園長《えんちょう》は立《た》ちあがって、オレに強《つよ》く握手《あくしゅ》を求《もと》めてきた。

「あなたのまごころ、たしかに受《う》けとりました。これで何人《なんにん》のおじいちゃん、おばあちゃんが救《すく》われることか。あなたは本当《ほんとう》に素晴《すば》らしい青年《せいねん》だ！」

「いえいえ、そんな」

オレは余裕《よゆう》を見《み》せてほほえむ。

ホームの玄関《げんかん》からでようとしたとき、背後《はいご》から「ありがとうございました！」と、何人《なんにん》かの声《こえ》がした。ふりかえると職員《しょくいん》たちが整列《せいれつ》して、見送《みおく》りにでていた。おお、感謝《かんしゃ》されている。

「どうぞ、よろしく！」

オレはにここ手《て》をふると、外《そと》にでた。

よしっ、これで完璧《かんぺき》だ！

すごい金《かね》が手《て》に入《はい》るぞ。次《つぎ》は２億《おく》、いや、３億《おく》か。

思わずガッツポーズした。笑《わら》いがこみあげてくる。

すると、夜道《よみち》を歩《ある》きはじめてすぐに、どこからかハラハラと紙《かみ》が舞《ま》いおちてきた。ひろいあげると、なんと宝《たから》くじだ！

おおっ、さっそくきたな!!

くくく、とオレは笑《わら》いをこらえる。やっぱり思《おも》いどおりだ！

さっそく繁華街《はんかがい》の一角《いっかく》にある、宝《たから》くじ売《う》り場《ば》へと駆《か》けこんだ。

ところが！

だった。

「はずれですね」

と、おばちゃんは、しらっと言《い》う。

「はっ？　うそでしょ」

オレはあわてた。

「いえ、はずれ。わたくし、うそはもうしません！」

「そんなばかなっ！　もう1回《かい》、ちゃんとしらべてくださいよっ！」

「何度《なんど》、見《み》ても、はずれは、はずれ」

おばちゃんは、憮然《ぶぜん》とする。

そんな、ばかな！　そんなこと、ありえない。

なんで、金《かね》が入《はい》ってこないんだ……。

オレはあせった。こんなことって……。

頭《あたま》がくらくらした。夜《よる》の街《まち》は、よっぱらいがいっぱいで、何度《なんど》もぶつかった。

うそだ。金《かね》が入《はい》ってこないなんて、そんなはずないぞ。

どこだ？　どこにあるんだっ！

そのときだった。家電量販店《かでんりょうはんてん》の店先《みせさき》にある、テレビのニュースの声《こえ》が、耳《みみ》にとびこんできた。

キャスターの男《おとこ》がしゃべっている。

『福祉時代《ふくしじだい》の到来《とうらい》を前《まえ》にして、なんともやりきれない事件《じけん》です。老人《ろうじん》ホームの園長《えんちょう》、石井《いしい》容疑者《ようぎしゃ》が、横領《おうりょう》の疑《うたが》いで逮捕《たいほ》されました』

「！」

なんだって？　いまなんて言《い》った!?

オレはいっしゅん、頭《あたま》をガンッ！　となぐられた気《き》がした。

テレビ画面《がめん》に、あの園長《えんちょう》の顔《かお》が映《うつ》った。

ギャッと、さけびそうになった。

キャスターはつづける。

『この園長《えんちょう》は、３年前《ねんまえ》からホームの金《かね》を横領《おうりょう》。自分《じぶん》の借金《しゃっきん》の返済《へんさい》にあてていましたが、今日《きょう》、あらたに７０００万円《まんえん》の大金《たいきん》を横領《おうりょう》したところで、部下《ぶか》が告発《こくはつ》、逮捕《たいほ》となりました。部下数人《ぶかすうにん》は、以前《いぜん》から園長《えんちょう》の動《うご》きに不信《ふしん》をいだき、調査《ちょうさ》をつづけていたとのことです』

そんな！

そんなことって。

オ、オレの、親切《しんせつ》が……。
へなへなと、地面《じめん》にすわりこんだ。

次《つぎ》の日《ひ》からも、オレは必死《ひっし》で〝親切《しんせつ》〟をしつづけた。
路上《ろじょう》の自転車整理《じてんしゃせいり》。
ゴミの分別《ぶんべつ》と、そうじ。
おばあさんの重《おも》い荷物《にもつ》を持《も》ってあげた。
捨《す》て猫《ねこ》や、捨《す》て犬《いぬ》はいないか、探《さが》しまわった。
親切《しんせつ》をすれば、必《かなら》ず金《かね》が入《はい》る！
引《ひ》っ越《こ》し業者《ぎょうしゃ》の中《なか》にまじって、大《おお》きな荷物《にもつ》をかつぐ手伝《てつだ》い。重《おも》さがずしりと肩《かた》にくいこ
むが、かまっていられない。
いままでだって、ずっとそうだったじゃないか！
必《かなら》ず、手《て》に入《はい》るんだ！　必《かなら》ず！　必《かなら》ず！

ある日《ひ》は、夕暮《ゆうぐ》れの街《まち》で、忘《わす》れ物《もの》のカサをにぎりしめて、通行人《つうこうにん》に、つぎつぎに声《こえ》をかけた。

「このカサ、あなたのではありませんか？」

オレの目《め》は、もはや血走《ちばし》っていた。しかし、人々《ひとびと》は気味《きみ》わるがって、さけていく。

やがてオレはあきらめて立《た》ちつくした。

いったい、なにが、どうなってしまったんだ！

あんなにすぐ、大金《たいきん》がころがりこんできていたのに！

ふらふらと公園《こうえん》まで歩《ある》いた。どこにもいくところがなかった。着《つ》くと、地面《じめん》にカサをたたきつけた。

「クソッ！！！」

ベンチにドカッと寝《ね》っころがった。

次《つぎ》から次《つぎ》へ怒《いか》りがわいてくる。

なにが親切《しんせつ》だっ、もうたくさんだっ!!

腹《はら》がへっていたことに気《き》づいて、ポケットをさぐったが、でてきたのは1円玉《えんだま》、1枚《まい》だけだ。オレがばかだったんだ。

〝親切《しんせつ》〟なんかで、金持《かねも》ちになれるわけないじゃないか。

〝親切《しんせつ》〟なんて、ばからしいだけだっ。

もっとズルがしこく生《い》きてやる！

もう親切《しんせつ》、やめた!!


空《そら》が急《きゅう》に暗《くら》くなって、雨《あめ》がポツポツとふってきた。

なんだよ、ちくしょうっ、天気《てんき》までオレをばかにしやがって！

あっというまに、ザーザーとふりだした。

あわててオレは、さっき投《な》げ捨《す》てたビニールガサをひろって広《ひろ》げた。

ふと見《み》ると、すべり台《だい》の下《した》で、5歳《さい》ぐらいの女《おんな》の子《こ》が雨宿《あまやど》りをしている。

女《おんな》の子《こ》と目《め》が合《あ》った。

「…………」

オレはすぐに目《め》をそらして、歩《ある》きだす。

いかん、いかん、親切《しんせつ》なんかしたって、イヤな思《おも》いをするだけだ！

もう一度《ど》、チラッと見《み》ると、女《おんな》の子《こ》は助《たす》けを求《もと》めるような目《め》で、オレをずっと見《み》ている。

「…………」

春《はる》とはいえ、まだ寒《さむ》い。

「…………」

オレは心《こころ》をかたくして通《とお》りすぎた。しかし、どうしても気《き》になってふりかえった。

雨《あめ》は、ますますひどくなった。

女《おんな》の子《こ》はふるえているようだ。かじかんだ小《ちい》さな手《て》に、ふうふう息《いき》をはきかけている。

やっぱりダメだ、放《ほう》っておけないや。

オレは、不安《ふあん》そうにしている女《おんな》の子《こ》のところにもどって、そっとカサをさしかけた。

「いいよ、これ使《つか》って」

「…………」

「お兄《にい》ちゃんのことは、気《き》にしなくていいよ。早《はや》く、おうちに帰《かえ》りな」

「うん！　ありがとう」

女《おんな》の子《こ》はうれしそうに笑《わら》って、駆《か》けだした。

よかった、カサが役《やく》に立《た》った。

ああ、こんな気持《きも》ち、忘《わす》れてたな……。

代《か》わりにすべり台《だい》の下《した》に入《はい》りこむ。雨《あめ》はとうぶんやみそうにない。

しばらく雨《あめ》を見《み》ていた。

なんだか、憑《つ》きもんが落《お》ちたみたいだ。


さっきまでにくしみでいっぱいだった心《こころ》が、すう〜っと安《やす》らいでいった。

やっぱり、オレはオレのままでいいや。正直《しょうじき》に生《い》きよう。

うつむいていたオレが、顔《かお》をあげたそのとき、目《め》の前《まえ》に、まっしろいハンカチがさしだされた。

えっ??

そうっと見《み》ると、立《た》っていたのは、紀子《のりこ》……さん!?

クリーム色《いろ》の小花《こばな》もようのカサをさして、まっすぐにオレを見《み》ている。
そして、これ以上《いじょう》ないほどのやさしい笑《え》みをうかべた。
オレは顔《かお》が赤《あか》くなるのを感《かん》じながら、ニッコリほほえみかえした。

おわり

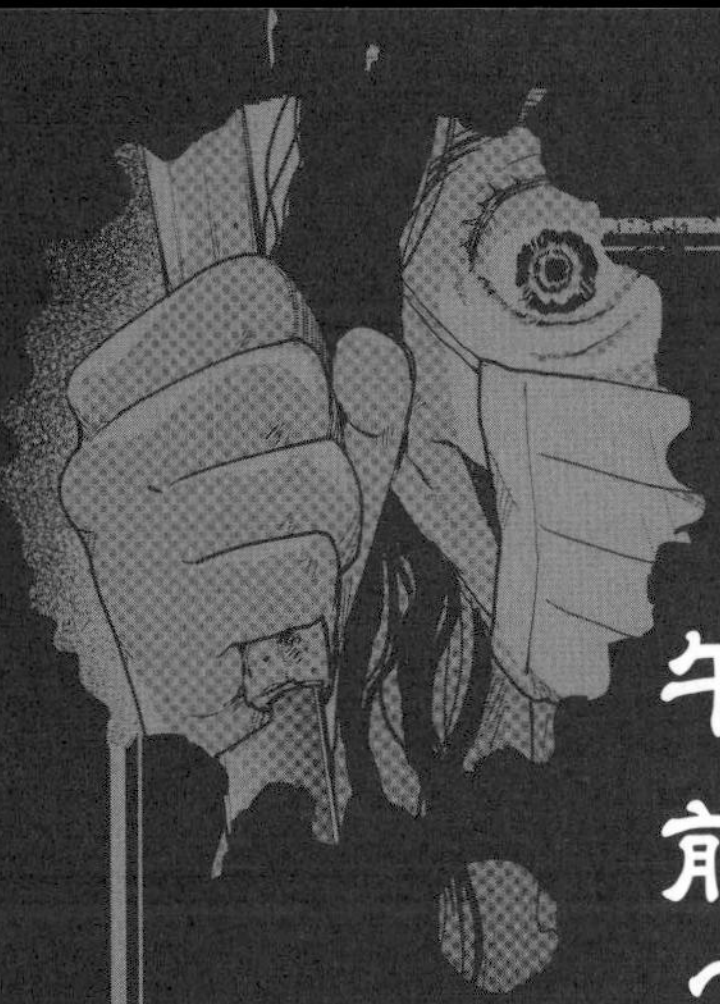

午《ご》前《ぜん》2時《じ》のチャイム

脚本《きゃくほん》◆長江《ながえ》俊和《としかず》

深夜《しんや》。空《そら》には月《つき》。星《ほし》は見《み》えない。

東京湾《とうきょうわん》にそそぐ川《かわ》ぞいに、ひときわ高級《こうきゅう》なマンションがたっている。

ほとんどの窓《まど》は黒《くろ》ぐろとしているが、705号室《ごうしつ》だけはこうこうと明《あ》かりが灯《とも》っていた。

その部屋《へや》の住人《じゅうにん》、浦木春海《うらきはるみ》は、熱心《ねっしん》にパソコンにむかっている。

部屋《へや》は広々《ひろびろ》とした3LDK《エルディーケー》。書斎《しょさい》は白《しろ》い壁《かべ》で、すっきりとしている。まだ引《ひ》っ越《こ》してきたばかりなので、あちこちに段《だん》ボール箱《ばこ》がつまれている。

リビングには、浦木春海《うらきはるみ》の小説《しょうせつ》がならび、床《ゆか》には、〝50万部突破《まんぶとっぱ》　御祝《おいわい》〟と書《か》かれた、みごとな胡蝶蘭《こちょうらん》の鉢植《はちう》えがおかれていた。


静《しず》かな部屋《へや》に、キーボードをうつ音《おと》だけがひびく。

今夜《こんや》は集中《しゅうちゅう》できて、ずいぶんと進《すす》んだなと、浦木《うらき》はデスクにおかれた時計《とけい》を見《み》た。時計《とけい》の針《はり》は午前《ごぜん》2時《じ》をさしている。

もうひとがんばりするか。

そう思《おも》ったそのとき、

ピンポーン!

突然《とつぜん》、玄関《げんかん》のチャイムが鳴《な》った。

なんだ? こんな時間《じかん》に?

宅配便《たくはいびん》がくるわけはないし、だれとも約束《やくそく》などしていない……。

いったいだれなんだよ。

ピンポーン!

ふたたび、音《おと》が鳴《な》りひびく。

ちっ。

浦木《うらき》は舌打《したう》ちしながらとなりのリビングへいき、インターホンの画面《がめん》を見《み》た。

「!?」

画面《がめん》を見《み》て、浦木《うらき》は眉《まゆ》をよせる。

映《うつ》っていたのは、白《しろ》いマスクをつけ、黒《くろ》い帽子《ぼうし》をふかぶかとかぶった、長《なが》い髪《かみ》の女《おんな》。うすよごれたレインコートのようなものを着《き》て、なんとも陰気《いんき》くさい。

ピンポーン!

ピンポーン！

女《おんな》は何度《なんど》も何度《なんど》も、チャイムを鳴《な》らしつづける。

浦木《うらき》はごくっとつばをのみこみながら、通話《つうわ》ボタンをおした。

「どちらさまですか」

すると、女《おんな》は低《ひく》い、男《おとこ》のような声《こえ》でしぼりだすように言《い》った。

「……あけてよ」

「え？」

浦木《うらき》は言葉《ことば》につまった。

「あけてって言《い》ってるでしょ！」

女《おんな》は、声《こえ》をあららげた。

「あの、部屋《へや》をまちがえたんじゃ。ここは７０５の浦木《うらき》ですけど……」

突然《とつぜん》、プチッと姿《すがた》が消《き》えて画面《がめん》が暗《くら》くなった。

「ちっ、なんなんだ」

浦木《うらき》はふたたび舌打《したう》ちして、書斎《しょさい》にもどった。

気味《きみ》が悪《わる》かったが、気《き》をとりなおして、ふたたびパソコンにむかった。


翌朝《よくあさ》。

空《そら》は雲《くも》ひとつなく晴《は》れていた。川《かわ》が陽《ひ》の光《ひかり》できらきらと光《ひか》っている。

川《かわ》べりを、ジョギングしている人《ひと》たちが見《み》おろせる。

「まあ、いいお部屋《へや》ですね！　浦木先生《うらきせんせい》」

さし入《い》れのスイーツを持《も》ってきた、須藤弥生《すどうやよい》が笑顔《えがお》で言《い》う。弥生《やよい》は、浦木《うらき》の担当《たんとう》をしている。30代《だい》で、非常《ひじょう》に仕事《しごと》ができた。

「いやあ、なかなか、かたづかなくてね」

「だからって、しめきりを遅《おく》らせるわけにはいきませんよ」

「きびしいなあ、須藤《すどう》くんは」

笑《わら》いながら、浦木《うらき》はコーヒーをいれるよ、とキッチンに立《た》つ。

弥生《やよい》は、白《しろ》いふかふかのソファやおしゃれなガラスのテーブルをながめた。

部屋《へや》のコーナーの棚《たな》にかざってある、浦木春海《うらきはるみ》の数々《かずかず》のヒット作《さく》。表紙《ひょうし》に『URAKI《ウラキ》HARUMI《ハルミ》』の文字《もじ》。その1冊《さつ》を手《て》にとって弥生《やよい》は言《い》う。

「だって先生《せんせい》の小説《しょうせつ》は、だすと確実《かくじつ》に20万部《まんぶ》は売《う》れるわけですから。うちの出版社《しゅっぱんしゃ》にとっても、今度《こんど》の先生《せんせい》の書《か》き下《お》ろしは、さらに大《おお》きな目玉《めだま》でして。担当《たんとう》の私《わたし》は本当《ほんとう》に光栄《こうえい》……」

くるっとむきなおったとき、コーヒーを運《はこ》んできた浦木《うらき》とぶつかりそうになった。さけようとした弥生《やよい》のかばんから、原稿《げんこう》が飛《と》びだして床《ゆか》に落《お》ちた。

「ごめん、ごめん」

浦木《うらき》は原稿《げんこう》をひろった。

原稿《げんこう》の表《おもて》には〝ホメオパシー〟と、しるされている。

「ホメオパシー？」

「あ、ええ。今度《こんど》だす、学術本《がくじゅつぼん》の原稿《げんこう》なんです」

すこしあわてたようすで、弥生《やよい》が答《こた》えた。

「ホメオパシーというのは、医学用語《いがくようご》で『毒《どく》には毒《どく》を』みたいな、いわゆる逆療法《ぎゃくりょうほう》の一種《いっしゅ》です。たとえば、実際《じっさい》にヒ素《そ》中毒《ちゅうどく》の患者《かんじゃ》に、ヒ素《そ》を投与《とうよ》したところ、病気《びょうき》が完治《かんち》したという症例《しょうれい》があるんです」

「ほう」

「ご興味《きょうみ》がありますか？」

「いやいや、ぼくは恋愛専門《れんあいせんもん》だからね」

コーヒーを飲《の》みながら笑《わら》う浦木《うらき》に、弥生《やよい》もほほえんだ。

「そうですよね、先生《せんせい》の小説《しょうせつ》に、どれだけの読者《どくしゃ》がドキドキしていることか。それをまっさきに読《よ》める私《わたし》は、本当《ほんとう》に幸《しあわ》せものです！」

浦木《うらき》は、夜中《よなか》のできごとを弥生《やよい》に話《はな》そうかとも思《おも》ったが、やめておいた。


夕方《ゆうがた》、天気《てんき》が一転《いってん》して、雨《あめ》がふりはじめた。

夜中《よなか》にはどしゃぶりとなった。

今夜《こんや》も浦木《うらき》はパソコンにむかって、執筆《しっぴつ》していた。

あたりは静《しず》まりかえって、キーボードをたたく音《おと》だけがする。

しかし、その静《しず》けさをやぶったのは、またもやあの音《おと》だった。

ピンポーン！

浦木《うらき》はびくっとして、時計《とけい》を見《み》る。

ピッタリ、午前《ごぜん》2時《じ》。

昨夜《さくや》と同《おな》じ時刻《じこく》だ。

ためいきをついて、インターホンにむかう。

画面《がめん》をのぞくとまた、あの女《おんな》だ。

ずぶぬれで、黒《くろ》くて長《なが》い髪《かみ》が海藻《かいそう》のようにからまって、さらに不気味《ぶきみ》だ。マスクをしているから、やはり顔《かお》はわからない。

低《ひく》い声《こえ》で女《おんな》は言《い》った。

「あけてよ」

「あの、部屋《へや》、まちがえてますよ、ここは705、浦木《うらき》……」

すると浦木《うらき》の言葉《ことば》をさえぎるようにして、女《おんな》がどなった。

「早《はや》く、あけなさいよ」

「あなた、いったいだれなんですか？　こんな時間《じかん》にやってきて、非常識《ひじょうしき》ですよ！」

プツッと、画面《がめん》が黒《くろ》くなる。

くそっ！

浦木《うらき》は、壁《かべ》をドンッとなぐった。


10日後《かご》。

広々《ひろびろ》としたリビングのソファで、浦木《うらき》は頭《あたま》をかかえていた。

「いったい、なんなんだ、あの女《おんな》！」

かたわらで話《はなし》を聞《き》いていた弥生《やよい》が、顔《かお》をしかめた。

「……………」

「ここに越《こ》してきてから、ほとんど毎晩《まいばん》だっ。キッチリ夜中《よなか》の2時《じ》にきて、チャイムを鳴《な》らして帰《かえ》っていく。おまけに、長《なが》い髪《かみ》に黒《くろ》い帽子《ぼうし》をすっぽりかぶって、気味《きみ》が悪《わる》いったらありゃしない」

「もしや前《まえ》に住《す》んでいた人《ひと》と、まちがえてるんじゃ」

「いや、そうでもないらしい。気《き》になる。気《き》になって、仕事《しごと》が手《て》につかない」

「困《こま》りましたね」

弥生《やよい》はうでぐみをする。そして、ハッと思《おも》いだしたように言《い》った。

「先生《せんせい》……、もしかしてその女《おんな》、マスクしていませんでしたか？」

「え、どうしてわかるんだ？」

浦木《うらき》は不安《ふあん》げに、弥生《やよい》をみつめた。

「知《し》らないんですか？　あの都市伝説《としでんせつ》の女《おんな》の話《はなし》」

「都市伝説《としでんせつ》!?」

「ええ。午前《ごぜん》2時《じ》にチャイムが鳴《な》ると〝マスクの女《おんな》〟がくるって。死《し》ぬほど愛《あい》した男《おとこ》と、ひき裂《さ》かれて、おかしくなったたっていう女《おんな》で」

浦木《うらき》は、身《み》をのりだした。

「午前《ごぜん》2時《じ》にあちこち、無差別《むさべつ》にマンションにあらわれては、男《おとこ》を探《さが》しもとめて、いないとわかったら、その部屋《へや》の家族《かぞく》をグサリッ！」

浦木《うらき》はぞっと背《せ》すじが寒《さむ》くなった。

「男《おとこ》をみつけるまで、殺《ころ》しつづける女《おんな》」

「…………」

「都内《とない》で起《お》こっている連続刺殺事件《れんぞくしさつじけん》も、マスク女《おんな》のしわざだっていう、うわさですよ」

「午前《ごぜん》2時《じ》、マスクの女《おんな》か……、ぴったりあてはまるな」

深刻《しんこく》な表情《ひょうじょう》になった浦木《うらき》を見《み》て、弥生《やよい》があわてた。

「先生《せんせい》ったら！　信《しん》じないでくださいよ。あくまで都市伝説《としでんせつ》、うわさ話《ばなし》です。きっとだれかのいたずらですよ。いまじゃ、小学生《しょうがくせい》たちも面白《おもしろ》がっちゃって、こわーいマスク女《おんな》の絵《え》を描《か》くことが、はやっちゃってるくらいなんですから」

いたずら？

それにしては、度《ど》が過《す》ぎている、と浦木《うらき》は思《おも》った。あれはいたずらなんかじゃない。あの女《おんな》のようすには、鬼気《きき》せまるものがあった。

「いや。あれはオレを狙《ねら》ってきているとしか思《おも》えない」

「そんな、先生《せんせい》、思《おも》いこみすぎですよ。いまお紅茶《こうちゃ》でもいれますね。ひと休《やす》みしましょう」

そう言《い》って弥生《やよい》は、となりのキッチンへとむかった。

「あ、お紅茶《こうちゃ》の葉《は》はどこにありますかー？」

弥生《やよい》の声《こえ》が、妙《みょう》に遠《とお》くに聞《き》こえた。

もはや浦木《うらき》の脳裏《のうり》には、マスク女《おんな》の姿《すがた》がこびりついている。

なぜ、オレを狙《ねら》ってきてるのか。うらまれることなどしていない。

今夜《こんや》もくるかもしれない。そう思《おも》うと、浦木《うらき》の心《こころ》に黒々《くろぐろ》としたものが広《ひろ》がった。


その夜《よる》。予想外《よそうがい》のことが起《お》こった。

浦木《うらき》は、近所《きんじょ》のコンビニにでかけた。その帰《かえ》り道《みち》。

川《かわ》ぞいの道《みち》は、人《ひと》っこひとりいない。

男《おとこ》でもこわいくらいだ。

東京《とうきょう》は大都会《だいとかい》だが、繁華街《はんかがい》以外《いがい》の場所《ばしょ》は、おおかたこんなもので、意外《いがい》な盲点《もうてん》だなと、作家《さっか》の発想《はっそう》で考《かんが》えた。

生《なま》あたたかい風《かぜ》が吹《ふ》いている。

連続刺殺事件《れんぞくしさつじけん》だって？　浦木《うらき》は弥生《やよい》の言葉《ことば》を思《おも》いだす。マスク女《おんな》のしわざ……。まさか。

浦木《うらき》はマンションに着《つ》くとオートロックを開錠《かいじょう》して、エントランスに入《はい》った。エレベーターのボタンをおす。

6階《かい》でランプが止《と》まっている。5、4、3……エレベーターが降下《こうか》してきた。

そしてドアがあいた瞬間《しゅんかん》、浦木《うらき》は凍《こお》りついた。

マスクの女《おんな》が立《た》っている！

しかも、全身《ぜんしん》が血《ち》まみれだ。

「！！！」

浦木《うらき》は絶句《ぜっく》した。すると女《おんな》は、疾風《しっぷう》のごとく浦木《うらき》をすりぬけて、あっというまに外《そと》に飛《と》びだしていった。

な、なんだっ！

浦木《うらき》ははげしく動揺《どうよう》して、よろけた。

まぼろしでも見《み》たのか。いや、たしかにあの女《おんな》だった。

浦木《うらき》はコンビニの袋《ふくろ》を持《も》ったまま、ぼうぜんと立《た》ちつくした。


「ああ、そこ、近《ちか》づかないで！」

警官《けいかん》が大声《おおごえ》で、廊下《ろうか》につめかけた住人《じゅうにん》たちに注意《ちゅうい》している。

マンションの6階《かい》の廊下《ろうか》は、朝《あさ》からごったがえしていた。

浦木《うらき》もやってきて、野次馬《やじうま》のうしろから、ようすをながめる。

601号室《ごうしつ》の前《まえ》では、白《しろ》い手袋《てぶくろ》をしたスーツ姿《すがた》の小泉《こいずみ》が指示《しじ》をとばしていた。鑑識《かんしき》が、あちこちの指紋《しもん》をとったり、撮影《さつえい》をしたりしている。

玄関《げんかん》ドアの表札《ひょうさつ》には『井村光《いむらひかる》 I《イ》M《ム》U R《ラ》A・H《ヒ》I K《カ》A R《ル》U 絵里子《えりこ》 E《エ》R《リ》I K《コ》O』としるされている。

「あ、先生《せんせい》！」

野次馬《やじうま》の中《なか》にいた、弥生《やよい》が浦木《うらき》に声《こえ》をかけた。

「きみか」

「ええ、たのまれました資料《しりょう》をお持《も》ちしたのですが、エレベーターが止《と》められているので、階段《かいだん》であがってきたら、人《ひと》だかりがしていて」

弥生《やよい》が答《こた》えた。

「先生《せんせい》は？」

「いや、マンション中《じゅう》が妙《みょう》にさわがしいから廊下《ろうか》にでてみたら、となりの人《ひと》に下《した》の階《かい》で事《じ》件《けん》があったと聞《き》いてね。それにしてもおどろいた。一体《いったい》なにがあったんだろう」

「さっき、住人《じゅうにん》の方《かた》が話《はな》していたのを聞《き》いたんですけど、ここの601号室《ごうしつ》の奥《おく》さんが、昨日《きのう》の夜《よる》、だれかにおそわれて、殺《ころ》されたんですって」

「殺《ころ》された!?」

「いっしょにいたご主人《しゅじん》も、切《き》られて重傷《じゅうしょう》らしいですよ。こわいですねえ。先生《せんせい》……先生《せんせい》?」

浦木《うらき》の顔《かお》から血《ち》の気《け》が引《ひ》いている。

「……先生《せんせい》?　どうかしました?」

「刑事《けいじ》に言《い》わないと」

「はい?」

弥生《やよい》が聞《き》きかえす。

「昨日《きのう》の夜《よる》のことを話《はな》さないと」

「?」

「須藤《すどう》くん、悪《わる》いが、ぼくの部屋《へや》に刑事《けいじ》さんを呼《よ》んできてくれないか」

「はあ」

浦木《うらき》の部屋《へや》のリビング。さきほど、事件現場《じけんげんば》にいた小泉《こいずみ》と、部下《ぶか》の野口《のぐち》が、浦木《うらき》の話《はなし》に耳《みみ》をかたむけている。

「すると、浦木《うらき》さん、あなたの見《み》た女《おんな》のレインコートは、血《ち》にまみれていた、ということですか」

小泉《こいずみ》の質問《しつもん》に、浦木《うらき》は緊張《きんちょう》ぎみに答《こた》える。野口《のぐち》は、小《ち》さな手帳《てちょう》にメモをとっていた。

「ええ、そうです。刑事《けいじ》さん。……その女《おんな》が犯人《はんにん》です。まちがいありません！」

弥生《やよい》は、離《はな》れたところから3人《にん》を見守《みまも》っていた。

すると小泉《こいずみ》が、口《くち》をひらいた。

「せっかくご通報《つうほう》いただいて恐縮《きょうしゅく》ですが、現段階《げんだんかい》で、その女《おんな》が犯人《はんにん》であるかどうかは、断言《だんげん》できかねます」

「……え、なぜです？」

「あの部屋《へや》は密室《みっしつ》でした。玄関《げんかん》はカギがかかっていて、窓《まど》も全部《ぜんぶ》しめられていた。ですから、外部《がいぶ》からの侵入《しんにゅう》は不可能《ふかのう》なんです」

「……いやでも、ぼくは本当《ほんとう》に見《み》たんです。血《ち》にまみれたあのマスクの女《おんな》が、エレベーターからおりてくるところを」

小泉《こいずみ》は、ソファから身《み》をのりだした。

「浦木先生《うらきせんせい》。われわれは、生《い》きのこった夫《おっと》の、井村光《いむらひかる》が妻《つま》を殺《ころ》したんじゃないかと、ふんでいます」

「………………」

「現場《げんば》の状況《じょうきょう》から判断《はんだん》して、犯人《はんにん》は夫《おっと》の井村光《いむらひかる》しかありえません」

納得《なっとく》できず、浦木《うらき》は首《くび》を大《おお》きくひねった。

「しかし、そんなはずはない。あの女《おんな》にちがいないんです！」

刑事《けいじ》ふたりが去《さ》ると、浦木《うらき》はいらだってイスをけとばした。

「なんで信《しん》じてもらえないんだっ！　現《げん》にあの女《おんな》が6階《かい》からおりてきたんだ。血《ち》まみれで。

それだけで異常《いじょう》じゃないか！」

「先生《せんせい》、先生《せんせい》、おちついてください」

イスを直《なお》しながら、しかし弥生《やよい》はヘンに冷静《れいせい》な顔《かお》で浦木《うらき》を見《み》た。

やがて夜《よる》がきた。

浦木《うらき》はもはや小説《しょうせつ》を書《か》くどころではない。

11時《じ》、12時《じ》、1時《じ》………浦木《うらき》は息《いき》を殺《ころ》して時計《とけい》をじっと見《み》つめていた。もうすぐだ。

カチッ。

針《はり》が午前《ごぜん》2時《じ》をさす。

ピンポーン！！！

きた！

すかさず浦木《うらき》はインターホンに駆《か》けより、画面《がめん》を見《み》る。

やっぱりいる！　あのマスク女《おんな》だ！

浦木《うらき》は携帯電話《けいたいでんわ》で、いそいで110番《ばん》をタップした。だが、なかなかつながらない。

くそっ、警察《けいさつ》はなにしてるんだ!

いらだって思《おも》わず部屋《へや》を飛《と》びだした。女《おんな》はなにかを察《さっ》したのか、すでに廊下《ろうか》にいない。

追《お》いかけてやる。女《おんな》をつかまえてやる!

浦木《うらき》はエレベーターに駆《か》けこんだ。6、5、4……。早《はや》く着《つ》け!

エントランスに着《つ》いて飛《と》びだすと、女《おんな》の姿《すがた》はもうどこにもない。マンションの外《そと》にでた。

きょろきょろと見《み》まわしたそのときだった。

自動《じどう》ドアがしまる寸前《すんぜん》、女《おんな》はするりと中《なか》に侵入《しんにゅう》していったのだ。

「!」

あわてて追《お》いかけたが、すんでのところでドアがしまった。オートロックがかかり、ドアがあかない。

くそっ。

浦木《うらき》はポケットからカギを取《と》りだしたが、あわててカギをガシャッと落《お》とす。女《おんな》がエレベーターに乗《の》りこむ姿《すがた》が見《み》えた。

くそっ。

ひろいあげたカギで、大急《おおいそ》ぎで開錠《かいじょう》する。

エレベーターのランプを見《み》るとぐんぐん上昇《じょうしょう》していく。7階《かい》で止《と》まった。女《おんな》がおりたことがわかる。

しまった、と浦木《うらき》は思《おも》った。飛《と》びだしてきたままだから部屋《へや》はあいているはずだった。

あの女《おんな》、侵入《しんにゅう》するつもりだ。

浦木《うらき》も次《つぎ》にきたエレベーターに乗《の》り、7階《かい》に着《つ》くと、おそるおそる部屋《へや》に入《はい》った。

玄関《げんかん》においてあったゴルフバッグから、アイアンクラブを1本《ぽん》とりだして、そうっと中《なか》に入《はい》った。

リビングにはだれもいない。

書斎《しょさい》をのぞく。

変《か》わったようすはない。

寝室《しんしつ》。

女《おんな》の姿《すがた》はない。

「…………」

なんだ。浦木《うらき》はクラブをおろした。

そのときだった。

鏡越《かがみご》しに、クローゼットにひそんでいたマスクの女《おんな》の姿《すがた》が見《み》えた。

「！」

「ひゃひゃひゃひゃひゃひゃひゃひゃひゃひゃひゃひゃひゃ！！！」

女《おんな》は、けたたましい奇声《きせい》をあげてクローゼットから飛《と》びだしてくると、浦木《うらき》の背中《せなか》にとびついた。

「やめろ！」

力《ちから》いっぱい女《おんな》をつきとばす。女《おんな》は寝室《しんしつ》の壁《かべ》に激突《げきとつ》して、ぐったりと動《うご》かなくなった。

「………………」

女《おんな》は死《し》んだように動《うご》かない。

「おいっ」

浦木《うらき》は、そろそろと女《おんな》に近《ちか》づいた。

まさか……。

と、突然《とつぜん》、女《おんな》は持《も》っていたスプレーを、浦木《うらき》の顔《かお》めがけて噴射《ふんしゃ》した。

「うわっ！」

うめきながらたおれこむ浦木《うらき》に、女《おんな》が近《ちか》づいてくる。なにを吹《ふ》きかけられたのか、意識《いしき》がもうろうとしてきた。

女《おんな》は不気味《ぶきみ》な声《こえ》で、ふふふふと笑《わら》う。

浦木《うらき》の目《め》はどんどん、うつろになっていった。

女《おんな》は浦木《うらき》の顔《かお》をゆっくりのぞきこむと、おもむろに、ポケットからナイフを取《と》りだして、ガッとふりあげた。

こ、殺《ころ》される！

浦木《うらき》はもうろうとした意識《いしき》の中《なか》で、力《ちから》をふりしぼってふりはらう。

女《おんな》はくるっと背中《せなか》をむけた。

浦木《うらき》のうつろな目《め》の中《なか》に、いちもくさんに逃《に》げていく女《おんな》の姿《すがた》がぼうっと映《うつ》る。浦木《うらき》はそのまま気《き》を失《うしな》った。

翌朝《よくあさ》。

浦木《うらき》の部屋《へや》には、小泉《こいずみ》が駆《か》けつけてきていた。かたわらで弥生《やよい》も心配《しんぱい》そうにしている。

部下《ぶか》の野口《のぐち》が寝室《しんしつ》からでてきて「小泉警部《こいずみけいぶ》、それらしい痕跡《こんせき》は見《み》あたりません」と、報《ほう》告《こく》した。

「そうか」と、小泉《こいずみ》。

野口《のぐち》がすこしぞんざいな感《かん》じで、浦木《うらき》に言《い》う。

「……本当《ほんとう》にいたんですか？　そんな女《おんな》」

「本当《ほんとう》だ！　どうしてぼくがそんなうそをつく必要《ひつよう》があるんですか！　６０１号室《ごうしつ》の事件《じけん》のあった日《ひ》、ぼくはあの女《おんな》の姿《すがた》を見《み》た。だから目撃者《もくげきしゃ》であるぼくを殺《ころ》しに……」

「まああまあ……」

興奮《こうふん》する浦木《うらき》を、小泉《こいずみ》がなだめるように言《い》う。

「なんで、信用《しんよう》してもらえないんですか！」

「信用《しんよう》していないわけじゃありませんよ」

浦木《うらき》はネクタイをゆるめた。

「それじゃあ、これをごらんになってください」

小泉《こいずみ》は持参《じさん》してきたパソコンに、DVD《ディーブイディー》をさしいれた。

「な、なんですか、それ」

「昨夜《さくや》の、マンションの防犯《ぼうはん》カメラの映像《えいぞう》です。あなたが女《おんな》をマンションに侵入《しんにゅう》させてしまったという、午前《ごぜん》2時《じ》ごろのものです。よく見《み》てください」

映像《えいぞう》がスタートすると、無人《むじん》のエントランスが映《うつ》しだされている。ガランとしてだれの姿《すがた》もない。そこにあらわれたのは、浦木自身《うらきじしん》だ。

あわてて、オートロックを開錠《かいじょう》するようすが映《うつ》っている。

「！」

浦木《うらき》は映像《えいぞう》を凝視《ぎょうし》した。

「どこにも女《おんな》は映《うつ》ってないですね」

「………」

小泉《こいずみ》は、やつぎばやに言《い》った。

「では、これも見《み》ていただきましょう」

今度《こんど》は、エントランスのエレベーター前《まえ》だ。コンビニの袋《ふくろ》を持《も》って、エレベーターを待《ま》っている浦木《うらき》が映《うつ》っている。

「601号室《ごうしつ》で、あの事件《じけん》のあった日《ひ》の防犯《ぼうはん》カメラの映像《えいぞう》です」

浦木《うらき》の前《まえ》で、エレベーターが開《ひら》いた。だが、だれもおりてはこない。おかしい。たしかにこのとき、浦木《うらき》は血《ち》まみれの女《おんな》を見《み》たはずだった。

「！」

映像《えいぞう》には、だれかがエレベーターからおりてきたかのように、目《め》で宙《ちゅう》を追《お》って、よろける浦木《うらき》が映《うつ》っている。

「!?」

浦木《うらき》は、わけがわからなかった。

「この日《ひ》も、あなたが言《い》う、血《ち》まみれの女《おんな》は映《うつ》っていない。この日《ひ》だけじゃない、ここ数《すう》日《じつ》の防犯《ぼうはん》カメラには、午前《ごぜん》2時《じ》どころか、それ以外《いがい》の時間《じかん》のどこにも、マスクをした不審《ふしん》な女《おんな》の姿《すがた》は映《うつ》されていないんです」

「!!」

弥生《やよい》はじっと、浦木《うらき》の横顔《よこがお》を見《み》ている。

小泉《こいずみ》はつづけた。

「あなたはまぼろしを見《み》たんです。マスクの女《おんな》なんて、はじめから存在《そんざい》しないんです。これ以上《いじょう》、捜査《そうさ》の妨害《ぼうがい》になるようなことは、やめてもらえませんか。失礼《しつれい》だが、われわれもそんなにヒマじゃないんだ」

「……そんなバカな」

ふたりの刑事《けいじ》が帰《かえ》ると、弥生《やよい》はコーヒーをいれてくれた。

「先生《せんせい》、おつかれなんですよ、きっと。私《わたし》もしめきりをせかしてばかりで」

「きみも、ぼくを信《しん》じないというのか」

浦木《うらき》は声《こえ》をあげた。

「いいえ、信《しん》じています。ただ、さっきの録画《ろくが》を見《み》ると……。でも、本当《ほんとう》にきっとおつかれなんですよ。今夜《こんや》はせめてぐっすり眠《ねむ》られてください」

弥生《やよい》が帰《かえ》ったあとも、浦木《うらき》はソファから動《うご》けずにいた。

昼《ひる》になり、夜《よる》になった。
あの女《おんな》が、まぼろしだったと？
いや、そんなはずはない。たしかに、この目《め》で見《み》たのだ。
ぼくはおかしいのか？
いや、そんなはずはない。
浦木《うらき》は、自問自答《じもんじとう》をくりかえした。
時刻《じこく》は、まもなく午前《ごぜん》2時《じ》になろうとしていた。
すると、

ピンポ～ン！！！

聞《き》こえた。チャイムだ。たしかに鳴《な》った。

ピンポ～ン、ピンポ～ン、ピンポ～ン！

ぼくはおかしくなってなどいない。

……と、なにかの気配《けはい》を感《かん》じてふりむいた。

「!!」

そこに立《た》っていたのは、マスクの女《おんな》だ！

「うおおおおおおっ！」

女《おんな》はさけび声《ごえ》をあげ、ナイフを片手《かたて》にまっしぐらに浦木《うらき》にむかってきた。


ハッ！


目《め》をさました浦木《うらき》は、ベッドからとびおきた。

ああ、夢《ゆめ》だったのか！　よかった！

ベッドの中《なか》で浦木《うらき》は胸《むね》をなでおろす。

体《からだ》じゅう、べったり汗《あせ》をかいている。

と、キッチンのほうから「がさっ」と音《おと》が聞《き》こえた。

！

だれかがいる。

浦木《うらき》はベッドのわきにおいてあった、ゴルフクラブをそっと手《て》にすると、そうっとキッチンにむかった。人《ひと》かげが見《み》える。

「うわあああああ！」

浦木《うらき》は人《ひと》かげにむかって夢中《むちゅう》で、クラブをふりおろした。

「きゃああああああっ！」

クラブが当《あ》たった先《さき》で、卵《たまご》のパックが割《わ》れ、野菜《やさい》がとびちった。

悲鳴《ひめい》をあげてたおれたのは、弥生《やよい》だった。

「な、なんで、きみが!?」

浦木《うらき》は急《きゅう》に怒《いか》りがわいた。悪夢《あくむ》を見《み》て、追《お》いつめられていたところにこれだ。

「せ、先生《せんせい》があまりにつかれているごようすだったので、朝《あさ》ごはんつくって、元気《げんき》づけてあげようと思《おも》って」

「……か、勝手《かって》にぼくの部屋《へや》に入《はい》るな！　帰《かえ》れ！　帰《かえ》ってくれ!!」

見《み》たこともない表情《ひょうじょう》でどなる浦木《うらき》に、弥生《やよい》はふるえた。

「し、失礼《しつれい》しますっ」

バッグをたぐりよせると、おおあわてで玄関《げんかん》をでた。


ぼくは……おかしくなってしまったのだろうか。

頭《あたま》の奥《おく》で、ギシギシと歯車《はぐるま》がまわっているような気《き》がする。

思《おも》わず耳《みみ》をふさぐ。

歯車《はぐるま》はまわりつづける。

ぼくは、気《き》が変《へん》になっているのか……。

浦木《うらき》は大《おお》きく頭《あたま》をかかえこんだ。


夜《よる》。

浦木《うらき》は寝室《しんしつ》のかたすみで、毛布《もうふ》にくるまったまま、じっと考《かんが》えていた。

憔悴《しょうすい》しきって顔色《かおいろ》もすぐれない。このところずっと、食欲《しょくよく》もなく、水《みず》もろくに飲《の》んでいない。

キッチンは、弥生《やよい》が持《も》ってきてくれた食材《しょくざい》が、散《ち》らかったままになっていた。

脳裏《のうり》には、ひっきりなしにマスクの女《おんな》がフラッシュバックしていた。

……あれはまぼろしなんかじゃない。

どう考《かんが》えても女《おんな》は存在《そんざい》する。そしてぼくを殺《ころ》しにくる……。

時計《とけい》は、まさに午前《ごぜん》2時《じ》。

ピンポ〜ン！

心臓《しんぞう》が飛《と》びだしそうになった。

ピンポーン、ピンポーン、ピンポーン！

しつこく鳴《な》らしている。

わなわなふるえがきた。しかし、戦《たたか》わなくてはならない。自分《じぶん》を守《まも》るためだ。まぼろしではないと証明《しょうめい》するためだ。

浦木《うらき》はガッとゴルフクラブを手《て》にすると、足音《あしおと》をたてずに玄関《げんかん》にむかった。

しかし、背後《はいご》に異様《いよう》な気配《けはい》を感《かん》じて、ふりむいた。

「！」

マスクの女《おんな》が、立《た》っている！

青白《あおじろ》い電気《でんき》の下《した》に、だらりと長《なが》い髪《かみ》に黒《くろ》い帽子《ぼうし》、白《しろ》いレインコート。黒手袋《くろてぶくろ》に黒《くろ》いブーツ。

まぼろしなんかじゃない、ここにいる。

浦木《うらき》の顔《かお》はひきつった。

「くくっ！　くくっ！」

ヘンな声《こえ》をたてながら、女《おんな》は一歩一歩《いっぽいっぽ》にじりよってきた。

「くるな！」

浦木《うらき》がさけんだとたん、女《おんな》はナイフをかざして、いっきに浦木《うらき》にむかってきた。ナイフが銀色《ぎんいろ》の光《ひかり》をはなつ。

「やめろ！」

女《おんな》の目《め》は血走《ちばし》っている。鬼《おに》の形相《ぎょうそう》だ。

浦木《うらき》はリビングへ逃《に》げこんで、ソファにつまずいてひっくりかえった。

女《おんな》はどんどんせまってくる。

追《お》いつめられた浦木《うらき》は、声《こえ》をふりしぼって言《い》った。

「おまえはいったい、だれだっ！」

すると女《おんな》がマスクのまま、低《ひく》くしぼりだすような声《こえ》で答《こた》える。

「わたしは……まぼろし」

「えっ」

浦木《うらき》は女《おんな》をにらみながら、声《こえ》ともつかぬ声《こえ》をだす。

「……あなた自身《じしん》がつくりだした」

「……うるさいっ！　なにをわけのわからんことを言《い》ってんだっ。こ、この野郎《やろう》！」

浦木《うらき》は女《おんな》めがけて、クラブを思《おも》いきりふりあげた。

女《おんな》はひらりっと身《み》をかわして逃《に》げる。

クラブが、かざってあった浦木《うらき》の単行本《たんこうぼん》に当《あ》たった。だが、ばさばさと床《ゆか》にくずれ落《お》ちた本《ほん》は表紙《ひょうし》だけで、どれも中身《なかみ》がまっしろだった。

……文字《もじ》がない！

浦木《うらき》は、驚愕《きょうがく》した。

そんなばかな！

ど、どういうことだ!!

恐怖《きょうふ》に目《め》をつりあげている浦木《うらき》を指《ゆび》さして、女《おんな》はさらに言《い》う。

「そして、あなた自身《じしん》さえも……」

浦木《うらき》は、あぜんとした。

「黙《だま》れっ！」

クラブで、女《おんな》のナイフをたたき落《お》とした。

「思《おも》いだせ」

「な、なんだって!?」

「思《おも》いだせ」

女《おんな》はふたたびくりかえす。そして寝室《しんしつ》へと駆《か》けこんでいった。

「黙《だま》れっ、黙《だま》れっ！」

追《お》いかけた浦木《うらき》は、女《おんな》をめがけてクラブをふりおろした。女《おんな》がよけた瞬間《しゅんかん》、寝室《しんしつ》の鏡《かがみ》がたおれて、紙袋《かみぶくろ》がドサッと落《お》ちた。

中《なか》から、マスクの女《おんな》が身《み》に着《つ》けていたものがあふれでた。長《なが》い髪《かみ》のかつら、黒《くろ》い帽子《ぼうし》、血《ち》に染《そ》まったコート……。

これは！

浦木《うらき》は目《め》をむく。

はげしく動揺《どうよう》して、よろけた浦木《うらき》に、女《おんな》がたたみかけるように言葉《ことば》をなげつける。

「思《おも》いだせ」

「…………」

「思《おも》いだせっ、浦木春海《うらきはるみ》！」

「思《おも》いだせっ、自分《じぶん》がいったいだれなのかを！」

そのとき浦木《うらき》の脳裏《のうり》に、映画《えいが》のように鮮明《せんめい》なシーンがよみがえった。

601号室《ごうしつ》。井村光《いむらひかる》の妻《つま》、絵里子《えりこ》が逃《に》げまどっている。追《お》いかける、マスクの女《おんな》。手《て》には鈍《にぶ》く光《ひか》るナイフを持《も》っている。へたりこんだ絵里子《えりこ》を、ナイフをかざして、浦木《うらき》は刺《さ》した。女《おんな》は返《かえ》り血《ち》をあびて、白《しろ》いコートがみるみる赤《あか》く染《そ》まっていく。

「！」

浦木《うらき》は立《た》ちつくしたままだ。

女《おんな》が黒《くろ》い手袋《てぶくろ》の指《ゆび》で、本《ほん》をさししめした。床《ゆか》に落《お》ちた浦木《うらき》の単行本《たんこうぼん》だ。

表紙《ひょうし》に『URAKI《ウラキ》　HARUMI《ハルミ》』の文字《もじ》がある。

見《み》た瞬間《しゅんかん》、浦木《うらき》はハッと気《き》づいた。

『IMURA《イムラ》・HIKARU《ヒカル》』という文字《もじ》。

601号室《ごうしつ》の表札《ひょうさつ》だ。

「さあ、すべてを思《おも》いだせ……井村光《いむらひかる》！」

女《おんな》は、ドスのきいた声《こえ》で言《い》い放《はな》つ。

井村光《いむらひかる》!?

瞬間《しゅんかん》、浦木《うらき》は頭《あたま》をかかえた。雷《かみなり》にうたれたかのように、つぎつぎに映像《えいぞう》がフラッシュバックしてくる。

かつらをかぶり、変装《へんそう》している自分《じぶん》。

浦木《うらき》の部屋《へや》のチャイムを鳴《な》らしつづける自分《じぶん》。

絵里子《えりこ》を追《お》いつめて、殺《ころ》した自分《じぶん》……。


「うわあああああああああああああ!!!!!!!!!」


浦木《うらき》は絶叫《ぜっきょう》して、その場《ば》にたおれこんだ。

「………」

生気《せいき》がぬけはじめ、だんだんと目《め》がうつろになっていく。

と、そのとき。ドアがバッとあいて、数人《すうにん》の白衣《はくい》の研究者《けんきゅうしゃ》たちがどかどかと入《はい》ってきた。

浦木《うらき》の意識《いしき》は、もうろうとしていた。

「みんな、ご苦労様《くろうさま》！」

大声《おおごえ》で言《い》ったのは、あの小泉《こいずみ》という刑事《けいじ》だ。やはり白衣《はくい》を着《き》ている。

小泉《こいずみ》は、医療用《いりょうよう》のペンライトをだして、すばやく浦木《うらき》の瞳孔《どうこう》を確認《かくにん》した。

「実験《じっけん》は終了《しゅうりょう》です！」

そして「須藤《すどう》くん」と、弥生《やよい》の名《な》を呼《よ》んだ。編集者《へんしゅうしゃ》のはずの弥生《やよい》も白衣《はくい》を着《き》ている。

名前《なまえ》を呼《よ》ばれた弥生《やよい》は「はい」と答《こた》え、左手《ひだりて》で浦木《うらき》のうでをとった。

右手《みぎて》には、液体《えきたい》の入《はい》った注射器《ちゅうしゃき》を持《も》っている。

浦木《うらき》はうつろな目《め》で、弥生《やよい》を見《み》たが、まったく反応《はんのう》しない。すでに魂《たましい》がぬけたようになっている。

弥生《やよい》は浦木《うらき》の腕《うで》に注射《ちゅうしゃ》をした。

マスク姿《すがた》の長《なが》い髪《かみ》の女《おんな》が、マスクをはずして、髪《かみ》をととのえた。ふつうの顔《かお》だ。

小泉《こいずみ》も刑事《けいじ》ではなかった。白衣《はくい》の胸《むね》に、ある大学病院《だいがくびょういん》の『精神医学教授《せいしんいがくきょうじゅ》』というプレートをつけている。

「実験《じっけん》は成功《せいこう》です。彼《かれ》はいま、小説家《しょうせつか》・浦木春海《うらきはるみ》としての人格《じんかく》を否定《ひてい》しました。もうすぐ自分《じぶん》が、その本来《ほんらい》の人格《じんかく》である、連続殺人鬼《れんぞくさつじんき》・井村光《いむらひかる》だということを、思《おも》いだすはずです」

そこにいたスタッフ全員《ぜんいん》が、ため息《いき》をついた。

そして、犯人《はんにん》をつきとめられたことをねぎらいあった。

弥生《やよい》が冷静《れいせい》に言《い》う。

「井村光《いむらひかる》は、やはり多重人格《たじゅうじんかく》だったのですね。自分《じぶん》を都市伝説《としでんせつ》の〝マスクの女《おんな》〟だと、思《おも》いこんで、かつらを着用《ちゃくよう》するなど、女装《じょそう》して、都内《とない》3か所《しょ》のマンションで、計《けい》5人《にん》を連続《れんぞく》して殺害《さつがい》した」

浦木《うらき》はただぼうっとしている。

「自分《じぶん》の妻《つま》、絵里子《えりこ》までも手《て》にかけたあと……、今度《こんど》は小説家《しょうせつか》・浦木春海《うらきはるみ》という、新《あら》たなる人物《じんぶつ》をつくり上《あ》げ、そこに逃避《とうひ》した」

小泉《こいずみ》が話《はなし》をつなげる。

「いったい、なぜ彼《かれ》はこのようなむごい連続殺人事件《れんぞくさつじんじけん》を犯《おか》したのか？　その真相《しんそう》を解明《かいめい》するためには、彼《かれ》をもう一度《ど》、もとの人格《じんかく》、井村光《いむらひかる》にもどす必要《ひつよう》があった。そこでわれわれは、ホメオパシーを応用《おうよう》することにしました」

注射《ちゅうしゃ》がきいたのか、浦木《うらき》はぬけがらのようになって、宙《ちゅう》をながめている。

「ホメオパシーについては、ぼくらも勉強《べんきょう》になりました」と、若《わか》い助教授《じょきょうじゅ》が言《い》った。

小泉《こいずみ》が答《こた》える。

「うん。ホメオパシー療法《りょうほう》は『毒《どく》には毒《どく》を』だ。その症状《しょうじょう》を引《ひ》き起《お》こす原因物質《げんいんぶっしつ》は、その症状《しょうじょう》をとり去《さ》ることが可能《かのう》である」

弥生《やよい》も大《おお》きくうなずいた。

「私《わたし》は井村光《いむらひかる》が多重人格者《たじゅうじんかくしゃ》になった原因《げんいん》を、都市伝説《としでんせつ》の〝マスクの女《おんな》〟と考《かんが》えました。そこで彼《かれ》に〝マスクの女《おんな》〟と、作家《さっか》〝浦木春海《うらきはるみ》〟は妄想《もうそう》であることを認識《にんしき》させるため、ホメオパシー理論《りろん》にのっとり、井村光《いむらひかる》に〝浦木春海《うらきはるみ》〟としての生活《せいかつ》を与《あた》え、治療《ちりょう》スタッフに、刑事《けいじ》、編集者《へんしゅうしゃ》、マスク女《おんな》を演《えん》じてもらった。事件《じけん》を追体験《ついたいけん》させたのです。もちろん、防犯《ぼうはん》カメラの映像《えいぞう》には手《て》を加《くわ》えた。そしていま、〝浦木春海《うらきはるみ》〟の人格《じんかく》は、完全《かんぜん》に崩壊《ほうかい》した」

そして、力《ちから》をこめて言《い》う。

「実験《じっけん》は成功《せいこう》です！」

思《おも》わず、スタッフから拍手《はくしゅ》が起《お》こった。

その拍手《はくしゅ》の中《なか》で、浦木《うらき》はだらりと床《ゆか》にくずれ落《お》ちた。

ピンポ～ン！　ピンポ～ン！

インターホンの音《おと》が鳴《な》りひびく。

浦木《うらき》は、白《しろ》い拘束具《こうそくぐ》をまとわされてぐったりしていたが、音《おと》を聞《き》いて、カッと目《め》を見開《みひら》いた。

そこに、靴音《くつおと》をひびかせて、だれかが入《はい》ってきた。

「！」

姿《すがた》を見《み》て、浦木《うらき》は大《おお》きくもがこうとした。

しかし、身動《みうご》きがとれない。

一件落着《いっけんらくちゃく》したスタッフは、使用《しよう》していた小部屋《こべや》でかたづけをはじめていた。

実験用《じっけんよう》に設置《せっち》された、数台《すうだい》のモニター画像《がぞう》が浦木《うらき》のあらゆる部屋《へや》を映《うつ》しだしている。

ピンポ～ン！


インターホンの音《おと》を聞《き》いて、小泉《こいずみ》が言《い》った。

「おーい、いつまでやってるんだ。実験《じっけん》は終《お》わったはずだろう」

小泉《こいずみ》が、浦木《うらき》のいる部屋《へや》のモニターを見《み》ながら言《い》った。

「え、もう撤収《てっしゅう》しましたけど」

弥生《やよい》が、モニターをふりかえりながら言《い》う。

「いや、これ……」

小泉《こいずみ》が指《ゆび》さした。

モニターには、浦木《うらき》に近《ちか》づいていく長《なが》い髪《かみ》の女《おんな》のうしろ姿《すがた》が映《うつ》っている。黒《くろ》い帽子《ぼうし》をかぶり、白《しろ》いレインコートに黒《くろ》いブーツ。

「えっ」

弥生《やよい》は、すっとんきょうな声《こえ》をだした。

「だってマスク女役《おんなやく》の佐久間《さくま》さんは、ここにいます」

スタッフはいっせいに、モニターをみつめた。

「じゃ、こ、これ、だれだ！」

小泉《こいずみ》がさけぶ。

「まさか」

と、野口《のぐち》がつぶやく。

弥生《やよい》が悲痛《ひつう》な声《こえ》を発《はっ》した。

「本当《ほんとう》にいた、っていうの……!?」

「都市伝説《としでんせつ》じゃなかった……のか」

小泉《こいずみ》が、かすれた声《こえ》で言《い》った。

「まさか、井村《いむら》は連続殺人犯人《れんぞくさつじんはんにん》じゃなかった……!?　いや、そんなはずはない」

黒髪《くろかみ》の女《おんな》が、ゆっくり浦木《うらき》の前《まえ》にしゃがみこむ。

そしてナイフを持《も》った手《て》を、いきおいよくかざした。

「あぶない！　被験者《ひけんしゃ》が殺《ころ》される！」

小泉《こいずみ》の声《こえ》で、スタッフはいっせいに部屋《へや》をとびだした。

女《おんな》は、浦木《うらき》めがけてナイフをふりおろした。

おわり

この本は、下記のテレビドラマ作品をもとに
小説化されました。

世にも奇妙な物語
「悪魔のゲームソフト」
(1990年6月28日放送)
脚本：深谷仁一

世にも奇妙な物語'08秋の特別編
「死後婚」
(2008年9月23日放送)
脚本：中村樹基

世にも奇妙な物語　春の特別編
「親切成金」
(1999年3月31日放送)
脚本：大野敏哉

世にも奇妙な物語　春の特別編
「午前2時のチャイム」
(2007年3月26日放送)
脚本：長江俊和

制作　フジテレビ
制作著作　共同テレビ

集英社みらい文庫

世《よ》にも奇妙《きみょう》な物語《ものがたり》

ドラマノベライズ 終《お》わらない悪夢編《あくむへん》

水田静子《みずたしずこ》 著
上地優歩《うえじゆうほ》 絵
深谷仁一《ふかやじんいち》・中村樹基《なかむらしげき》・大野敏哉《おおのとしや》・長江俊和《ながえとしかず》 脚本

ファンレターのあて先
〒101-8050 東京都千代田区一ツ橋2-5-10 集英社みらい文庫編集部
いただいたお便りは編集部から先生におわたしいたします。

2017年9月27日 第1刷発行
2018年8月13日 第2刷発行

発行者 北畠輝幸
発行所 株式会社 集英社
〒101-8050 東京都千代田区一ツ橋2-5-10
電話 編集部 03-3230-6246
読者係 03-3230-6080
販売部 03-3230-6393（書店専用）
http://miraibunko.jp
装　丁 諸橋藍（釣巻デザイン室） 中島由佳理
協　力 株式会社フジテレビジョン／
株式会社共同テレビジョン
印　刷 大日本印刷株式会社 凸版印刷株式会社
製　本 大日本印刷株式会社

ISBN978-4-08-321396-0 C8293 N.D.C.913 186P 18cm

第《だい》11弾《だん》
絶叫学級
いしかわえみ
桑野和明・著
いじめの結末編
いじめの結末《けつまつ》編《へん》
第《だい》12弾《だん》
家族《かぞく》のうらぎり編《へん》
第《だい》13弾《だん》
不幸《ふこう》を呼《よ》ぶ親友《しんゆう》編《へん》
第《だい》14弾《だん》
死《し》を招《まね》く都市伝説《としでんせつ》編《へん》
第《だい》15弾《だん》
呪《のろ》われた初恋《はつこい》編《へん》
第《だい》16弾《だん》
満《み》たされないココロ編《へん》
第《だい》17弾《だん》
笑顔《えがお》の裏《うら》の本音《ほんね》編《へん》
第《だい》20弾《だん》
絶叫学級
いしかわえみ
桑野和明・著
いびつな恋愛編
第《だい》18弾《だん》
ナイモノねだりの報《むく》い編《へん》
第《だい》19弾《だん》
人気者《にんきもの》の正体《しょうたい》編《へん》
いびつな恋愛《れんあい》編《へん》
第《だい》21弾《だん》
集英社みらい文庫
絶叫学級
いしかわえみ
桑野和明・著
つきまとう黒い影編
つきまとう黒《くろ》い影《かげ》編《へん》
第《だい》22弾《だん》
集英社みらい文庫
絶叫学級
悪意にまみれた友だち編
いしかわえみ
桑野和明・著
最新刊《さいしんかん》
悪意《あくい》にまみれた友《とも》だち編《へん》

集英社みらい文庫 からのお知らせ

「りぼん」連載《れんさい》人気《にんき》ホラー・コミックのノベライズ!!

絶叫学級《ぜっきょうがっきゅう》

いしかわえみ・原作/絵　桑野和明《くわのかずあき》・著

第《だい》1弾《だん》

禁断《きんだん》の遊《あそ》び編《へん》

第《だい》2弾《だん》

暗闇《くらやみ》にひそむ大人《おとな》たち編《へん》

第《だい》3弾《だん》

くずれゆく友情《ゆうじょう》編《へん》

第《だい》4弾《だん》

ゆがんだ願《ねが》い編《へん》

第《だい》5弾《だん》

ニセモノの親切《しんせつ》編《へん》

第《だい》6弾《だん》

プレゼントの甘《あま》いワナ編《へん》

第《だい》7弾《だん》

いつわりの自分《じぶん》編《へん》

第《だい》8弾《だん》

ルール違反《いはん》の罪《つみ》と罰《ばつ》編《へん》

第《だい》9弾《だん》

終《お》わりのない欲望《よくぼう》編《へん》

第《だい》10弾《だん》

悪夢《あくむ》の花園《はなぞの》編《へん》

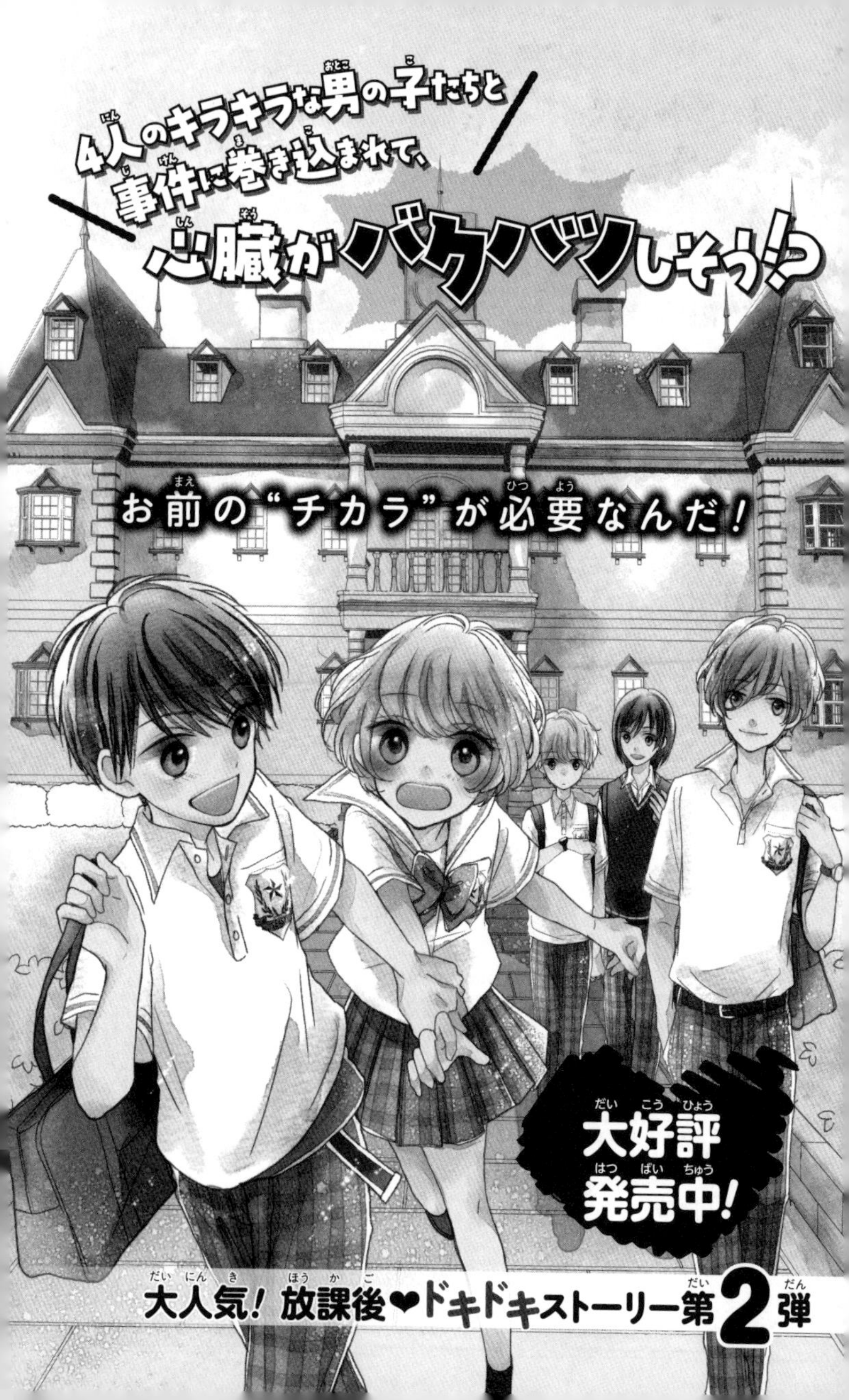

4人《にん》のキラキラな男《おとこ》の子《こ》たちと
事《じ》件《けん》に巻《ま》き込《こ》まれて、
心《しん》臓《ぞう》がバクバクしそう!?
お前《まえ》の“チカラ”が必《ひつ》要《よう》なんだ!
大《だい》好《こう》評《ひょう》
発《はつ》売《ばい》中《ちゅう》!
大《だい》人《にん》気《き》! 放《ほう》課《か》後《ご》❤ドキドキストーリー第《だい》2弾《だん》

「みらい文庫《ぶんこ》」読者《どくしゃ》のみなさんへ

言葉《ことば》を学《まな》ぶ、感性《かんせい》を磨《みが》く、創造力《そうぞうりょく》を育《はぐく》む……、読書《どくしょ》は「人間力《にんげんりょく》」を高《たか》めるために欠《か》かせません。

たった一枚《いちまい》のページをめくる向《む》こう側《がわ》に、未知《みち》の世界《せかい》、ドキドキのみらいが無限《むげん》に広《ひろ》がっている。

これこそが「本《ほん》」だけが持《も》っているパワーです。

学校《がっこう》の朝《あさ》の読書《どくしょ》に、休《やす》み時間《じかん》に、放課後《ほうかご》に……。いつでも、どこでも、すぐに続《つづ》きを読《よ》みたくなるような、魅力《みりょく》に溢《あふ》れる本《ほん》をたくさん揃《そろ》えていきたい。読書《どくしょ》がくれる、心《こころ》がきらきらしたり胸《むね》がきゅんとする瞬間《しゅんかん》を体験《たいけん》してほしい、楽《たの》しんでほしい。みらいの日本《にほん》、そして世界《せかい》を担《にな》うみなさんが、やがて大人《おとな》になった時《とき》、「読書《どくしょ》の魅力《みりょく》を初《はじ》めて知《し》った本《ほん》」「自分《じぶん》のおこづかいで初《はじ》めて買《か》った一冊《いっさつ》」と思《おも》い出《だ》してくれるような作品《さくひん》を一所懸命《いっしょけんめい》、大切《たいせつ》に創《つく》っていきたい。

そんないっぱいの想《おも》いを込《こ》めながら、作家《さっか》の先生方《せんせいがた》と一緒《いっしょ》に、私《わたし》たちは素敵《すてき》な本作《ほんづく》りを続《つづ》けていきます。「みらい文庫《ぶんこ》」は、無限《むげん》の宇宙《うちゅう》に浮《う》かぶ星《ほし》のように、夢《ゆめ》をたたえ輝《かがや》きながら、次々《つぎつぎ》と新《あたら》しく生《う》まれ続《つづ》けます。

本《ほん》を持《も》つ、その手《て》の中《なか》に、ドキドキするみらい――。

本《ほん》の宇宙《うちゅう》から、自分《じぶん》だけの健《すこ》やかな空想力《くうそうりょく》を育《そだ》て、〝みらいの星《ほし》〟をたくさん見《み》つけてください。

そして、大切《たいせつ》なこと、大切《たいせつ》な人《ひと》をきちんと守《まも》る、強《つよ》くて、やさしい大人《おとな》になってくれることを心《こころ》から願《ねが》っています。

2011年《ねん》　春《はる》

集英社《しゅうえいしゃ》みらい文庫編集部《ぶんこへんしゅうぶ》